Les tribulations d’une caissière

Anna Sam

Les tribulations d'une caissière

Stock

ISBN 978-2-234-06163-7

Pour mon frère Gwenael,
j'aurais aimé partager ce livre avec toi.
Pour toutes celles et ceux qui, un jour,
se sont retrouvés derrière une caisse.

Je m'appelle Anna, j'ai vingt-huit ans, un diplôme universitaire littéraire en poche et une expérience de la vie à la fois particulière et banale. J'ai travaillé huit ans en grande surface, d'abord pour financer mes études et obtenir mon indépendance financière et puis, faute de trouver un emploi dans ma branche, j'y suis restée pour devenir comme on dit si bien : hôtesse de caisse.

Une caisse. Voilà qui ne permet pas de grands échanges, hormis les bips qu'elle émet régulièrement quand on scanne les différents articles. À force d'écouter ce doux bruit, j'aurais pu finir par me prendre moi-même pour un robot. D'ailleurs, les rencontres fugaces avec les clients n'aident pas vraiment à se sentir vivant. Mais, heureusement, le contact entre collègues nous a toujours permis de nous rappeler notre statut d'humain.

Et puis un jour, j'ai pris la décision de raconter mon travail et de noter les menus incidents qui surviennent chaque jour dans la vie d'une caissière lambda. Du coup, j'ai observé différemment la population qui défile derrière le tapis de caisse, j'ai regardé l'univers de la grande distribution avec d'autres lunettes, j'ai découvert un monde infiniment plus varié que je ne pensais.

Il y a les clients faciles et les moins faciles, les riches et les pauvres, les complexés et les vantards, ceux qui vous traitent comme si vous étiez transparente et ceux qui vous disent bonjour, les acharnés qui trépignent en attendant l'ouverture du magasin et ceux qui font systématiquement la fermeture. Il y en a qui vous draguent ; d'autres qui vous insultent. Qui dira qu'il ne se passe rien dans la vie d'une caissière ?

À force de vivre ces situations, j'ai eu envie de les partager.

Voici quelques-unes de ces histoires, celles qui m'ont le plus touchée.

Mais il est temps de prendre votre chariot et d'entrer dans la grande surface. Les grilles sont déjà en train de se lever !

Bonne balade.

Bienvenue dans la grande distribution – le métier de votre vie

Félicitations ! Vous avez enfin décroché un entretien et vous avez même été embauchée.

Bienvenue dans la belle famille de la grande distribution. Vous voici donc devenue caissière... pardon ! hôtesse de caisse. Vous vous sentez tout de suite beaucoup plus sexy, non ? L'entretien d'embauche n'aura duré que quelques minutes histoire de vous faire répéter ce qu'il y a déjà sur votre CV et de vous demander un RIB.

Des tests psychotechniques ? Un peu de calcul mental ?

Et puis quoi encore ?!... Pourquoi pas un test de graphologie !

Vous devenez caissière, pas notaire !

C'est votre premier jour...

... et déjà il va falloir être rentable. Alors pas de temps à perdre. Formation sur-le-champ.

Pas de panique. Une « ancienne » va vous prendre sous son aile au moins... un quart d'heure ou... une matinée, si c'est votre jour de chance, ou... deux jours, si vous avez un responsable sympa (ça existe encore, je vous le jure). Il n'y a aucune règle.

On commence par le tour du magasin (vite fait, hein, y a pas que ça à faire non plus). Vous allez découvrir les vestiaires, la salle de pause, la casse – ou la poubelle si vous préférez : tous les produits devenus invendables finissent là ; vous aurez la chance de vous y rendre souvent –, la caisse centrale où vous récupérez votre caisson et... et c'est tout.

Vous connaissez dorénavant suffisamment le magasin pour commencer à bosser. Pour découvrir votre lieu de travail ? Vous aurez tous vos temps de pause et cela agrémentera vos coupures de manière festive.

La première fois que vous traversez la ligne de caisse avec votre superbe uniforme Chanel ou Dior... ou votre blouse super moche (tout dépend du magasin, du style de clientèle visée) et votre caisson sous le bras rempli de fric (l'équivalent de plusieurs jours de salaire quand même), il y a de grandes chances que vous soyez un peu intimidée.

Respirez un bon coup, ça va passer.

Ça y est, vous avez trouvé votre caisse, posé votre caisson, tout installé, vous êtes très concentrée, super motivée, l'« ancienne » est à côté de vous, vos oreilles sont grandes ouvertes. Vous êtes prête à travailler. Pas trop tôt.

Les grandes lignes à retenir : scanner les articles (un coup d'œil au passage pour voir si le prix n'est pas aberrant), faire le sous-total, indiquer le montant au client, demander la carte fidélité, prendre le moyen de paiement, rendre la monnaie, la pièce d'identité si c'est un chèque, le ticket de caisse. Le tout avec le sourire le plus sincère. Bien sûr. Et hop : « *AuRevoirBonneJournée* » et client suivant. Je reprends ?

Au début ça risque d'aller vite, trop vite. Surtout si vous commencez un jour où il y a beaucoup de monde. Pourtant, très vite aussi vos gestes vont devenir machinaux et vous n'allez plus vraiment faire attention à ce que vous faites. Un mois suffira pour vous donner l'impression de ne faire plus qu'un avec votre caisse.

Vous n'avez pas vu le temps passer et déjà l'« ancienne » vous donne de moins en moins de conseils. Ça rentre. Vous êtes en train de devenir une experte du passage d'article minute et du rendu monnaie.

Bravo !

En fait, c'est pas du tout sorcier ce boulot...

Suffit de connaître les gestes et le reste vient tout seul.

Ça y est, l'« ancienne » vous laisse seule aux manettes. Vous pouvez passer en totale autonomie les premiers articles de votre vie. Houahou ! La frime.

Ouais, ben, en fait, à part le biiiip du scanner, c'est pas si excitant... Heureusement, il reste le contact humain avec le client (mais patience, cela fera l'objet de plein d'autres chapitres).

Ah oui, si, j'allais oublier. C'est pas facile mais drôlement intéressant. Faut apprendre par cœur tous les numéros de code des aliments qui se vendent à l'unité : le citron, la salade verte, le thym, les artichauts, etc. Pas de panique. Il n'y en a pas tant que ça et en cas de trou de mémoire, vous avez un pense-bête sur la caisse. Et puis, il y a les collègues, Isabelle, Nadine, Marie, Nicole... qui ne sont jamais loin (oui, là par contre, faut pas avoir oublié leurs prénoms, un sacré sport quand on a cent collègues).

Votre première journée est déjà bientôt terminée... Les derniers clients s'en vont, le magasin ferme.

Alors, vos premières impressions ? En fait, c'est marrant comme métier. On passe plein d'articles (et on découvre au passage tout un tas d'objets dont on ne soupçonnait ni l'utilité ni même l'existence), on cause avec plein de gens, on rencontre des collègues sympas, on écoute de la musique toute la journée, on est au chaud.

Un métier de rêve.

Enfin, presque.

Il faudra revenir demain et après-demain et les jours d'après. Et plus le temps passe et moins le métier de votre vie vous donnera envie de vous lever.

Croyez-moi.

Top 3
des questions posées en caisse

Votre attention, s'il vous plaît, en cadeau de bienvenue, votre magasin vous offre en exclusivité le top 3 des questions préférées des clients :

– Où sont les toilettes ?

– Vous n'avez pas de sac ?

– Vous êtes ouverte ?

Hors contexte, rien de bien méchant, mais attendez d'être derrière votre caisse. À la fin de la journée, ces questions vous donneront envie de tuer (ou en tout cas de hurler pour les plus patientes). Jugez par vous-même.

La plus urgente : « Où sont les toilettes ? »

Client (arrivant en trombe et en général assez énervé)
C'est où les toilettes ?

Caissière (essayant d'oublier un instant qu'elle parle à un autre client)
Bonjour !

Client (regard fermé)
...

Caissière (poussant un gros soupir... intérieur)
C'est par là.

Et elle pointe du doigt le grand panneau flashy « Toilettes » accroché juste devant les caisses. Le client file. Bien sûr sans un « merci », ni un « au revoir », ou un « merde ».

C'est vrai, c'est trop long quand ça urge...

La plus agressive : « Vous n'avez pas de sac ? »

Une des grandes révolutions de ce début de siècle : la disparition des sacs plastique offerts gracieusement aux clients par les grandes surfaces. Ça en a irrité plus d'un. Surtout les premiers temps.

Leur raisonnement était le suivant : « Si le magasin ne donne plus de sacs, il les vend, donc il va se faire plus de fric. » Et moi aussi je l'ai pensé tout bas. Mais j'ai eu aussi envie de leur dire : « Pensez à demain et à tous les jolis paysages sans plastique que vous allez découvrir. La mer, sans sac qui flotte, c'est pas plus sympa ? »

Aujourd'hui, leur disparition est presque entrée dans les mœurs. On ne voit plus de clients dépités laisser en plan leur caddie bondé à la caisse (si, si, j'en ai déjà croisé). Mais peut-être aurez-vous la chance de vivre encore ce genre de scène :

Caissière (qui a passé les trois articles du client)
2,56 euros.

Le client paye par chèque (ben oui, quoi, il n'a pas de monnaie).

Client (qui cherche en bout de caisse des sacs pour ranger ses tomates déjà emballées, sa salade déjà emballée et ses pommes déjà emballées)
Z'avez pas de sac ?

Caissière (pour la trentième fois en moins de deux heures)
Comme vous le savez, les grandes surfaces ont cessé de distribuer des sacs plastique. Nous vous proposons des cartons dans le local à cartons ou des

sacs recyclables à 15 centimes, échangeables lorsqu'ils sont usés.

Client (furieux, ses yeux lui sortent presque de la tête)

Vous pouviez pas le dire avant que je paye ?

Caissière (poussant un gros soupir… toujours intérieur)

Désolée, mais cela fait plusieurs mois déjà que nous ne distribuons plus de sacs. (En souriant.) Pourquoi ne prenez-vous pas vos courses à la main ? Elles sont déjà emballées dans des sacs plastique.

Encore plus furieux, le client prend ses pommes, sa salade… et part en laissant ses tomates. Sans doute parce qu'il n'a que deux mains.

La plus énervante : « Vous êtes ouverte ? »

Vous voulez être la caissière la plus polie, la plus cool, la plus irréprochable ? D'accord, c'est votre droit et c'est très estimable (n'oubliez quand même pas combien vous êtes payée). Mais promettez-moi de ne jamais laisser personne vous confondre avec votre caisse. Vous êtes un être humain, pas un « biiiip ». Les clients n'ont pas tous les droits. Voici donc quelques suggestions :

Client
Vous êtes ouverte ?

La caissière polie
Moi non, ma caisse oui.

La Caissière sarcastique
Biiiip !

Et si le/la client(e) est super mignon(ne)
Vous voulez tenter votre chance ?

La caissière avec son plus joli sourire
Et vous ?

Je ne garantis rien.

Vous pourrez noter au passage que certains clients vous lanceront diverses variantes :

– Vous êtes fermée ?
– Elle est ouverte ?
– Vous êtes une caisse ?
– Je peux venir sur vous ?

Je vous laisse le soin d'interpréter...

Défilé haute couture

Vous êtes coquette, vous détestez les uniformes ? Je suis dans le regret de vous rappeler que la caissière, même derrière sa caisse, doit pouvoir être immédiatement identifiée par le client comme étant bien... une caissière. Donc, afin d'éviter toute confusion : tenue de travail obligatoire. Et puis sans elle, comment sentir que vous faites partie d'une grande famille, celle de l'enseigne pour laquelle vous travaillez ? Indispensable pour donner le meilleur de soi-même.

Découvrez les collections variées printemps-été-automne-hiver qui vous attendent.

Tenue dite glamour

Tailleur jupe (bleu marine en général) + foulard fleuri (à faire dépasser « *avec goût* » de la pochette de votre veste). Mocassins à assortir à votre chemisier (blanc en général) et à acheter avec vos propres deniers. Petite, vous rêviez de devenir hôtesse de l'air ? Avec cette tenue, votre souhait sera exaucé. D'une compagnie low cost, cela ne vous dérange pas ? Et elle pourra aussi vous servir pour une communion, bar-mitsva, remise de médaille (rayer la mention inutile). Il n'est pas bien fait, le monde ? !

Attention, ne faites pas de gestes trop brusques, les coutures (made in China) sont fragiles et le vêtement pas franchement bien coupé.

Tenue dite mémé

Vous n'aviez rien pour descendre les poubelles ? Maintenant si, grâce à ces magnifiques gilets et jupes ou pantalons à pinces noirs informes taille XXL. Et même si vous n'avez que vingt ans, attention aux gérontophiles. Les clients de moins de soixante-dix ans, par contre, aucune chance. N'oubliez pas de sortir le tricot pour compléter la panoplie.

La ligne de caisse : le clan des mémés.

Tenue dite fermière

Blouse taille XXL (qui peut aller du bleu vichy au rose comme les petits cochons) avec boutons pression. Même si ce n'est pas vrai, on aura l'impression que votre grossesse arrive à son huitième mois (ou que vous êtes obèse si vous êtes un garçon). Imperméable à toutes les taches, vous pourrez aussi sans souci l'utiliser en cas de pluie.

Tenue dite clown

Veste rouge pétant + chemisier à grosses fleurs vert caca + pantalon bouffant d'une couleur indéfinissable. Il ne vous manque plus que le nez rouge pour amuser la galerie, comme Ronald chez Mac Do. Aucune chance que les clients vous loupent. Dissuadez par contre vos amis de venir vous voir. Vous risqueriez d'en entendre longtemps parler.

Tenue dite « cheap »

Polo, gilet sans manche ou tee-shirt (made in Taïwan) pour tous les postes et vaguement aux couleurs de la chaîne (avant lavage). Sérieuse économie pour ces magasins. Vous croiserez les doigts pour être engagée par l'un d'entre eux. Finalement, c'est encore dans ces tenues « cheap » que vous serez le moins ridicule (je n'ai pas dit « correct »). Et le sentiment d'appartenir à une grande famille n'en sera que plus fort.

Pour achever ce défilé, sachez aussi que vous n'êtes pas à l'abri, si vous arrivez à un mauvais moment de l'année, de devoir mélanger les genres et de vous retrouver à porter une tenue Glamour-Clown, Mémé-Fermière, ou Clown-Mémé... Irrésistible.

Dans tous les cas, évitez de vous regarder trop souvent dans les glaces de votre magasin si vous ne voulez pas sombrer dans la déprime ou être obligée de refréner un fou rire devant chaque client.

Comptage caisse : à la recherche de la pièce manquante

Il est 21 h 05. C'était votre première vraie journée. Vous venez d'encaisser votre dernier et 289e client. Vous avez enchaîné huit heures de caisse avec deux pauses de quinze minutes. Vous êtes lessivée. Vous ne rêvez que d'une chose : retrouver votre lit et dormir jusqu'à demain 6 heures.

– Eh oh, réveillez-vous, la journée n'est pas terminée !

Il vous reste encore à astiquer votre poste de travail (vous n'auriez quand même pas la naïveté de penser qu'une femme de ménage va le faire à votre place ?) et à compter votre caisse (vous n'auriez quand même pas le culot de croire qu'on vous paie à rien faire ?). Estimez-vous heureuse, ici, ce n'est pas vous qui nettoyez les rayons.

– Allez, on se dépêche, en caisse centrale avec votre caisson sous le bras !

– Vous avez trouvé une place à côté de vos autres collègues, un crayon, du papier ? Ne bâillez pas, vous n'avez pas fini de travailler ! Commencez par compter vos pièces, puis vos billets et enfin vos rouleaux (je dis « vos », mais bien sûr ce ne sont pas tout à fait les vôtres) ou vice versa, vous avez encore le droit de choisir. Ne vous laissez pas distraire par les papotages, les portes qui s'ouvrent et qui se ferment, les cliquetis des pièces. Concentrez-vous ou sinon vous allez le regretter et connaître la joie du recomptage.

– Pas assez de lumière ? Plutôt que de râler, pensez plutôt que c'est une lumière tamisée reposante après celle aveuglante de la grande surface.

15 minutes plus tard...

Ça y est, vous avez scrupuleusement noté combien vous avez de pièces de 1, 2, 5, 10, 20, 50 centimes et de 1, 2 euros. De billets de 5, 10, 20, 50, 100, 200. De rouleaux... Du calme, du calme. Vous avez entre les mains une petite fortune, c'est vrai. Mais n'y pensez pas. Pensez plutôt à votre salaire à la fin du mois. Ça va vous aider à reprendre pied...

Additionnez le tout, puis soustrayez-le à votre fond de caisse (oui, les 150 euros en monnaie qui étaient dans votre caisson au début de votre journée).

– Alors, combien la 173 ? La 173 ? ! Oui, la 173, c'est vous !

– J'ai un nom !

– Oui, on sait mais c'est plus rapide comme ça. Alors, la 173 ?

– 3678,65 euros !

– Recomptez, 173, vous avez une erreur ! Je vous avais prévenue. Vous n'êtes pas assez concentrée.

– C'est une grosse erreur ? Une petite ? En moins ? En plus ?

– Je vous demande seulement de recompter.

10 minutes plus tard...

– 3678,15 euros !

– OK. Avant de partir, vérifiez que vos chèques, vos bons de réduction sont bien rangés. On n'est pas votre boniche.

21 h 35. Vous enlevez votre blouse dans les vestiaires. Il vous reste tout juste cinq minutes si vous voulez attraper votre bus. Bonne nuit et faites de beaux rêves (remplis de biiip, de bonjour, d'*AuRevoirBonneJournée*... ou pas).

L'entretien d'embauche

Une omission de ma part pourrait vous être fatale lors de votre entretien d'embauche. Permettez-moi de corriger immédiatement cette erreur. Ce n'est pas grave si vous n'avez jamais travaillé de votre vie, si vous ne savez pas compter, si vous êtes agoraphobe ou si vous avez peur du noir, pourvu que vous soyez disponible tout de suite, que vous acceptiez le salaire mirifique proposé, que vous ayez un RIB et que vous puissiez répondre à *cette* question :

« Pourquoi souhaitez-vous travailler chez nous ? »

Eh oui, même pour être caissière, il faut avoir de bonnes raisons.

Quelques réponses en vrac pour vous donner de l'inspiration :

– Parce j'ai toujours rêvé de travailler dans une grande surface !

Si vous voulez qu'on vous croie, il faudra le dire vraiment avec beaucoup beaucoup de conviction et faire en même temps briller vos yeux d'émerveillement. Pas facile.

– Parce que ma mère était déjà caissière !

Remarque idem que précédemment.

– Parce que comme votre enseigne Champion/Géant/Les Trois Mousquetaires... je veux être un champion/un géant/les trois mousquetaires !

Énorme, c'est vrai, mais cet esprit de winner plaît bien. Alors pourquoi pas. Attention, ce genre de réponse n'est pas déclinable avec toutes les enseignes (je veux être un carrefour...).

– Je suis étudiante. J'ai besoin d'un travail à temps partiel pour payer mes études.

Grand classique mais très convaincant. Et les managers aiment bien les étudiants, ça rouspète moins que les vieux et ça vient bosser surtout le week-end. Donc excellente réponse. Bien sûr, si vous ne faites pas d'études, il faut que vous fassiez encore assez jeune pour être crédible comme étudiant. Mais jusqu'à trente, trente-cinq ans, vous ne devriez pas avoir trop de problèmes.

– J'ai besoin de trouver un boulot pour vivre.

Réponse fortement déconseillée. Même si c'est la vérité, le manager ne vous trouvera « pas très motivée », « manquant d'esprit d'équipe », « inadaptée à l'ambition commerciale du magasin »... et risque de mettre votre candidature en bas de la pile (immense, au passage).

Mais les réponses qui l'enchanteront ne manquent pas. Pour les trouver, faites semblant d'imaginer, par exemple, que vous allez devenir notaire et pas caissière. Un peu de fantaisie, quoi !

Statistiquement vôtre

À méditer pour être une caissière incollable.

– 170 000 caissières, pardon, hôtesses de caisse, en France (belle famille quand même !).

– 15-20 articles à enregistrer par minute. Cette moyenne peut passer à 45 chez certaines enseignes hard discount – la caissière est alors obligée de traiter les courses du client sans ménagement. Bonjour les dégâts s'il ne suit pas la cadence, ce qui, bien sûr, est presque toujours le cas. Eh, lui n'est pas payé au rendement, la caissière non plus d'ailleurs...

– 700 à 800 articles enregistrés par heure.

– De 21 000 à 24 000 articles enregistrés par semaine.

– 800 kilos d'articles soulevés par heure (la tonne horaire est dépassée les bonnes journées).

– De 96 à 120 tonnes soulevées par semaine (l'équivalent de quatre poids lourds, quand même !).

– Par an ? Prenez votre calculette (non fournie par le magasin).

Est-ce que je ressemble à une bodybuildeuse ? Non, pas du tout, j'ai souvent plus l'impression d'avoir soixante-dix ans.

Chaque semaine, vous pourrez découvrir, sur le tableau de classement des caissières les plus rentables si vous avez été plutôt lièvre ou plutôt tortue. Pas d'affolement. Aucune récompense (même pas une boîte de sauce tomate) n'est offerte à la gagnante. Mais vos parents ou vos enfants seront sûrement super fiers de vous.

Par jour, en moyenne :
– 250 « Bonjour ».
– 250 « AuRevoirBonneJournée ».
– 500 « Merci ».
– 200 « Avez-vous la carte fidélité ? ».
– 70 « Vous pouvez composer votre code ».
– 70 « Vous pouvez retirer votre carte ».
– 30 « Les toilettes sont par là ».
... et encore plein d'autres phrases aussi poétiques.

Vous, un robot ? Mais non. Un robot ne sourit pas.

– 850 euros net : votre paie à la fin du mois.
– 30 heures de travail par semaine (ou 26, 24, 20, mais rarement 35).

Je vous rassure tout de suite : pas la peine de chercher un autre emploi avec votre contrat à temps partiel. Votre direction vous réserve des plannings qui changent toutes les semaines. Heureusement, il vous reste la possibilité de faire des ménages de 5 heures à 8 heures du matin et du repassage à domicile. Vous ne souhaitiez pas de vie familiale (ou trop bien réglée) ? Vous avez choisi le métier idéal.

Un exemple de semaine de travail de 30 heures :
Lundi : 9 h – 14 h 30 (temps de travail : 5 h 30 – temps de pause : 16 minutes).
Mardi : repos.
Mercredi : 15 h – 20 h 45 (tt : 5 h 45 – tp : 17 mn).
Jeudi : 13 h 45 – 17 h 15 (tt : 3 h 15 – tp : 9 mn).
Vendredi : 15 h 15 – 21 h (tt : 5 h 45 – tp : 17 mn).
Samedi : 9 h – 13 h/15 h 30 – 21 h 15 (tt : 9 h 45 – tp : 12 mn + 17 mn).

Et la semaine suivante ? Rassurez-vous, vos horaires seront (complètement) différents.

– vous connaîtrez votre nouveau planning 15 jours à l'avance, voire trois semaines, si la personne qui crée les horaires est particulièrement zélée, ou 24 heures à l'avance s'il y a plusieurs absents sur la ligne de caisse.

– 6 h 15 : le nombre maximum d'heures de caisse d'affilée (en théorie et certaines conventions appliquent d'autres règles).

– 3 minutes de pause par heure travaillée (si vous souhaitez 18 minutes pour manger, il faudra que vous ayez déjà travaillé au moins 6 heures. Oubliez les bons plats chauds et les soufflés au fromage).

Voilà, en quelques chiffres, le métier de votre vie... Vous en rêviez ? Les grandes surfaces l'ont fait.

Quitte pas, j'suis à la caisse !

Ah, le téléphone portable, quelle merveilleuse invention... C'est fou tout ce qu'on peut faire avec : écouter de la musique, regarder la télé, envoyer des e-mails, suivre les cours de la bourse... Et accessoirement téléphoner quand on veut et d'où on veut. Mais ce n'est pas tout. Il en existe même qui peuvent vous transformer en homme (ou en femme) invisible. Et ce ne sont pas forcément les plus chers.

Précisons qu'un statut de caissière facilite énormément cette opération.

Client (au téléphone, bien fort car seul au monde)

Mais j'suis déjà à la caisse ! Tu pouvais pas le dire avant, que tu voulais des bananes ?

Caissière (bien fort pour lui rappeler qu'il est bien à la caisse et pas chez lui)

Bonjour monsieur !

Client (visiblement chez lui)
Sortir ce soir ? Mais tes nausées, elles sont passées ?

Caissière (qui a été super rapide pour qu'il rentre chez lui super vite)
13,50 euros, s'il vous plaît, monsieur.

Client (ramassant ses courses d'une main et sans se presser)
Je suis sûr que c'est une gastro. J'espère que tu me l'as pas refilée. J'ai pas envie de passer toute la nuit aux toilettes.

Caissière (se levant de sa chaise, se raclant la gorge et vraiment bien fort)
13,50 euros, s'il vous plaît, monsieur !

Client (qui a jeté un vague coup d'œil vers la caissière mais qui continue tranquillement à ramasser ses courses)
... mais c'est toi qui m'écoutes jamais. Faut te laver les mains, chaque fois que tu sors.

Caissière (serrant très fort les poings et vraiment bien bien fort)
La carte fidélité, monsieur ?

Client (sans un regard, insérant sa carte bleue dans le lecteur)

... J'ai compris, je suis pas sourd. Qu'est-ce que t'es chiante quand t'es malade.

Le client arrache son ticket des mains de la caissière comme si c'était un distributeur.

Client (s'éloignant avec ses courses, toujours accroché à son portable et toujours bien fort)

... Heureusement que tout le monde n'est pas comme toi.

Caissière (bien fort... intérieurement)

Heureusement, gros con !

Et elle décide d'économiser un « *AuRevoir BonneJournée* ».

On se console comme on peut.

Ne vous plaignez pas. Pendant quelques minutes, vous êtes devenu(e) invisible. N'est-ce pas une expérience inoubliable ?

Et puis, voyez le côté positif, plein de clients vont devenir très très sympathiques :

Client (au téléphone)

Blablabla...

Caissière
Bonjour.

Client (regardant la caissière)
Bonjour. (Et aussi sec les yeux déjà baissés) Et donc comme je te disais... Blablabla...

Je vous assure.

Sans compter que vous n'êtes pas à l'abri de tomber sur le spécimen rare :

Client (au téléphone)
Je te rappelle, je passe à la caisse.

Le client raccroche et range son portable.

Caissière (avec un superbe sourire vraiment sincère)
Bonjour !

Client (lui rendant son sourire)
Bonjour.

Elle est pas belle, la vie ?
Bon, mais ne vous faites pas trop d'illusions, ce genre de client est très très très rare. Celles qui l'ont croisé en parlent encore...

Maintenant, si vous êtes particulièrement susceptible et que vous en êtes à votre deuxième année derrière une caisse – et vous êtes encore susceptible ? ! –, vous aurez peut-être plutôt envie de ça :

Client (au téléphone)
Blablabla...

Caissière (scannant les produits rapidement tout en... téléphonant avec son kit mains libres)
Blablabla...

Client (regardant la caissière)
Vous n'avez pas de sac ?

Caissière (sans jeter un coup d'œil au client)
Non. (Et aussi sec) Blablabla...

Oui mais là, soyons clair : même pas en rêve (vous vous feriez du mal pour rien). Une caissière reste une caissière. Et une caissière, ça ne téléphone pas au boulot ! En tout cas pas jusqu'à ce que l'ordinateur la remplace définitivement (de toute évidence certains clients pensent que c'est déjà fait).

Animons la galerie

Un autre métier presque aussi enviable que le vôtre : animateur en grande surface. Vous verrez débarquer cet étrange spécimen lors d'occasions très spéciales : fête des Mères, des Grands-Mères, du Jardinage, des Plantes vertes, du Printemps, de l'Été, de l'Hiver, du Vin rouge, du Vin blanc, du Pastis, de la Choucroute, du Boudin, de la Crevette, du Kouign-amann... Vous vous apercevrez assez vite que toutes les occasions sont bonnes pour faire la fête. Et ces jours-là, qu'est-ce que vous regretterez de ne pas être client. Toutes les promos et les cadeaux à gogo que vous allez rater...

Une journée vous suffira pour comprendre que n'importe qui ne peut pas être animateur en grande surface.

Il faut avoir une belle voix (enfin une voix suffit) et beaucoup beaucoup d'endurance. L'animateur en grande surface est capable de parler dans son micro toute la journée presque sans jamais s'arrêter (c'est d'ailleurs ce qui pourrait très vite vous amener à le détester).

Il faut aussi savoir être convaincant.

L'animateur (dans son micro)

Superbe, magnifique, sublime, gigantesque promotion : deux saucisses achetées, la troisième offerte ! Une occasion bon marché exceptionnelle pour se faire un superbe, un magnifique barbecue en famille !

Et avoir aussi des talents de poète.

L'animateur

... Ah, un barbecue en famille... Qu'y a-t-il de plus beau qu'un barbecue en famille ? De plus émouvant ? Alors n'oubliez pas, demain, c'est la fête des Mères. Offrez à votre maman de l'émotion ! Et tout ça pour 2,54 euros seulement !

Le sens du voyage.

L'animateur

Je suis actuellement au rayon boulangerie, venez m'y rejoindre pour déguster des pâtisseries de la France entière confectionnées avec amour par nos artisans : leurs fars bretons, leurs petits sablés ou leurs gaufres lilloises sont autant de leurs spécialités !

Il faut être aussi sympa que Julien Lepers ou Jean-Pierre Foucault (généralement, il se prend déjà pour Julien Lepers ou Jean-Pierre Foucault).

L'animateur (à une cliente)
Alors, madame, quelle est la capitale de la Grande-Bretagne ? Londres, Berlin, Madrid ? Si vous me donnez la bonne réponse, vous gagnez ce superbe, ce sublime, ce magnifique baromètre...

Cliente
Ben, je sais pas.

L'animateur
Vous faites appel à un ami ? (Suivi d'un bon gros rire, il faut aussi avoir le sens de l'humour.)

Cliente
Je veux bien.

L'animateur
Allez, c'est moi, votre ami. Un indice : ça commence par un L.

Cliente
Lourdes !

L'animateur (surpris quand même)

Euh... Non, c'était Londres. Mais ce n'est pas grave, madame. Demain, c'est la fête des Mères, alors vous avez quand même gagné ce superbe, ce sublime, ce magnifique bouquet de fleurs !

Il faut surtout être plein de ressources.

L'animateur (dans son micro)

Le petit Jean a perdu son papa et sa maman. Qu'ils viennent vite me rejoindre au rayon Nourriture pour animaux. Leur petit garçon a très envie de faire pipi !

Non vraiment, n'importe qui ne peut pas être animateur en grande surface. Plus d'une fois, vous éprouverez même de l'admiration à son égard car pouvoir captiver autant les gens avec si peu de moyens, c'est un exercice de haute voltige !

Chapeau et micro bas.

Place réservée

Les queues ? Une véritable phobie pour certains. Mais au supermarché, comme à la Poste, comment y échapper ? Grâce à des stratagèmes subtils et plein de délicatesse. Je vous expose les plus malins.

Tactique 1

Client malin (arrivant en courant avec quatre articles à la main)
Vous êtes ouverte ?

Caissière
Moi non, mais ma caisse oui. Bonjour !

Client malin
Super !

Les quatre articles sont scannés.

Caissière
5,45 euros, s'il vous plaît.

Client malin
Attendez, ma copine a oublié un truc. Elle arrive tout de suite.

Tout de suite et cinq minutes plus tard, toujours pas de copine en vue et des clients qui attendent derrière.

Caissière (sentant une légère mais certaine tension monter)
Je vous mets en attente ?

Client malin (qui ne sent, lui, aucune tension, mais agacé par la question)
Elle arrive ! Vous pouvez quand même attendre une seconde !

Et c'est vrai, à ce moment-là, la caissière la voit qui arrive avec... deux paniers remplis à ras bord.

Client derrière le client malin
Vous êtes pas gêné !

La caissière le pense évidemment aussi tout bas.

Client malin
Monsieur, mais moi aussi, j'ai fait la queue comme tout le monde !

Tactique 2

La cliente maligne arrive en courant avec son caddie et commence à le vider sur le tapis.

Caissière
Bonjour.

Mais la cliente maligne a déjà disparu en laissant son caddie encore à moitié plein. La caissière se dit qu'elle va revenir tout de suite et commence à scanner les articles sur le tapis. Un nouveau client arrive.

Caissière (conciliante)
Bonjour, la personne avant vous revient tout de suite.

Le client soupire. Tout de suite et deux minutes plus tard, « la personne » n'est toujours pas revenue.

Client (pas content)
J'ai pas que ça à faire !

Caissière (gênée)
Elle revient tout de suite, je vous le promets.

Tout de suite et deux minutes encore plus tard. Toujours personne.

Client (agressif)
Vous vous foutez de moi ou quoi ?

Caissière (très très gênée)
Je suis désolée.

Client
Désolée, ben voyons ! Je change de caisse, pauvre idiote !

Et le client change de caisse et la cliente maligne revient tranquillement les bras chargés.

Cliente maligne
Si j'avais su que vous n'aviez personne, je me serais moins dépêchée !

Tactique 3

La caissière n'a personne et fait signe à une cliente d'un certain âge qui attend un peu plus loin de venir à sa caisse. Elle se dépêche aussi vite que ses jambes le lui permettent et alors qu'elle n'est plus qu'à un mètre, un homme arrive à toute vitesse et lui fait une magnifique queue de poisson avec son caddie. Et à toute vitesse, pose ses courses sur le tapis.

Caissière
Bonjour monsieur, cette dame était là avant vous.

Client malin (sans un regard pour la dame en question)
Vous rigolez ? Dépêchez-vous, je n'ai pas que ça à faire.

La cliente d'un certain âge fait signe à la caissière de ne pas insister. Dommage...

Tactique 4

La caissière encaisse plusieurs clients puis se retrouve face à un caddie vide et sans propriétaire. Cinq autres clients attendent derrière.

Caissière (au client derrière le caddie vide)
Passez devant, s'il vous plaît.

Quand arrive le tour du troisième, le client très très malin surgit avec ses deux sacs remplis de courses à ras bord et lui passe devant sans une hésitation.

Troisième client
Excusez-moi mais j'étais là avant vous !

Client très très malin (pointant le caddie vide)
Excusez-moi, c'est moi qui étais là avant vous !

Si le troisième client a décidé de ne pas se laisser faire, le ton risque de monter très vite, les injures de pleuvoir et la bagarre d'éclater. Il est vrai que le client très très malin est tellement de mauvaise foi qu'il faut être un saint pour rester calme face à lui.

La caissière, aux premières loges, compte les points et recule un peu.

Je conseillerais à tous ces clients très malins de faire leurs courses sur Internet. Ils se fatigueront moins à prendre les autres pour des c...

Les amoureux qui se bécotent

Vous pensez que la grande surface ne fait pas nécessairement partie des lieux les plus aphrodisiaques ? Faux.

Réjouissez-vous. C'est un endroit beaucoup plus érotique qu'on ne le croit. Vous serez étonnée du nombre de baisers volés dans les rayons (y compris au rayon du papier-toilette), de regards langoureux échangés entre le stand charcuterie et le stand poissonnerie, de mains aux fesses devant les congélateurs de surgelés, de poitrines caressées (et plus si affinités) au rayon lingerie féminine, de conversations romantiques, voire passionnées devant la fromagerie. De scènes de ménage, aussi...

Pourquoi ? Toute cette profusion de produits à portée de main excite peut-être les sens.

Moi, j'ai même eu la chance d'assister à une séquence émotion des plus enflammées.

La journée se termine, il n'y a plus grand monde, je n'ai personne à ma caisse (si, si, ça arrive). Mon regard se promène (je sais, la caisse, elle va pas se nettoyer toute seule) et s'arrête dans le rayon bandes dessinées sur un couple et leurs quatre enfants. Tout de suite, je suis frappée par la façon très tendre dont sont lovés le père et la mère et je me dis qu'autant d'amour après quatre enfants, ça fait rêver.

Et je me mets à rêver toute seule à ma caisse... Plein d'images romantiques me traversent l'esprit quand un bruit de lavabo qu'on débouche me fait lever la tête. Mon couple de rêve s'avance vers moi avec son caddie et ses quatre enfants... tout en s'embrassant à pleine bouche. D'où ce bruit si romantique.

Là, je me dis que l'amour n'a pas d'oreilles. Et pas une seconde à perdre non plus : le temps de leur passage en caisse, ils n'ont pas arrêté de se couvrir de caresses. Sans la moindre gêne (le string de la maman était en dentelle rose et le haut des fesses du papa très poilu). Leurs enfants, pas surpris, les ont laissés tranquilles et se sont occupés de tout. C'est quand même plus agréable que des parents qui s'engueulent. Moi, j'avoue, j'ai rougi. Ce n'est pas tous les jours que la passion se déchaîne à votre caisse.

Mais en tant qu'hôtesse de ce lieu aphrodisiaque, attendez-vous à inspirer, vous aussi, du désir (même si votre blouse est super moche). Préparez-vous à recevoir de belles déclarations d'amour :

Caissière
65,78 euros, s'il vous plaît. Vous avez la carte de fidélité ?

Client (entreprenant)
Vous voulez coucher avec moi ce soir ?

D'autres seront un peu moins directs, un peu plus timides mais aussi un peu plus obsessionnels. Dix-neuf fois en moins d'une semaine, vous les verrez passer à votre caisse, avec chaque fois un seul article. Les yeux toujours baissés. Ni bonjour, ni au revoir. Vous commencerez à vous demander s'il n'a pas un grain. Mais la vingtième fois :

Client (tout pâle)
Est-ce… Est-ce que… je… je peux vous inviter à boire un verre ?

Si vous dites non, vous lui briserez le cœur mais vous conserverez le vôtre… L'amoureux éconduit s'enfuira généralement sans demander son reste. Et vous, vous resterez les bras ballants, interloquée par cette singulière situation.

Excitant, non ?

Et le coup de foudre ? Peut-être, qui sait... Mais je vous le rappelle : vous êtes caissière et vous ne vivez pas dans un film américain.

Les articles « gênants »

Qu'est-ce qui embarrasse, intimide les clients ? Rien a priori, me répondrez-vous (c'est même à ça qu'on les reconnaît)... Et bien détrompez-vous, car c'est sans compter les articles « gênants ». Grâce à eux, un peu de la personnalité de vos chers clients vous sera dévoilée et vous devriez bien rigoler (intérieurement).

Le papier toilette...

Tout le monde en utilise (il paraît même que les Français sont les plus gros consommateurs d'Europe). Pourtant, on dirait que pour certains clients, leur paquet de papier toilette sent déjà mauvais. À peine scanné (ne soyez pas sadique, ne faites pas semblant de ne pas trouver le code-barres), ils vous l'arrachent des mains et l'enfouissent tout au fond de leur caddie ou de leur sac puis l'enterrent sous leurs autres courses. Ils ne reprendront leur respiration qu'une fois certains que « ça » ne dépasse plus. Et quand « ça » dépasse encore (parce que le sac est trop petit ou le paquet familial de trente-deux rouleaux trop volumineux), certains s'évertueront pendant plusieurs secondes à pousser pour que « ça » rentre. D'autres chercheront désespérément des prospectus pour le couvrir. Et tous fileront avec comme s'ils avaient le feu aux fesses.

Les serviettes hygiéniques...

Visiblement, les règles, pour certaines filles (même plus très jeunes) restent une maladie honteuse. Heureusement, les emballages de serviettes hygiéniques ou les boîtes de tampons sont plus discrets que le papier toilette et disparaissent rapidement dans les sacs. Ça vous laissera quand même le temps de voir des clientes rougir comme des pivoines, ânonner non sans mal un timide « Bonjour » les yeux dans leurs chaussures, et agiter nerveusement leurs mains en faisant tomber leur monnaie... À croire que vous êtes devenue soudain quelqu'un de très impressionnant. Incroyable, la caissière impressionne encore les clients ! Et il y en a aussi pour qui c'est une épreuve tellement insurmontable qu'elles préfèrent envoyer leur mari ou leur copain au front. Et eux, en général, ça les fait plutôt marrer. Leur nombre vous étonnera.

Aucune raison d'être surpris. À voir les publicités qui mettent systématiquement en avant les mauvaises odeurs des règles ou les fuites qui vont braquer tous les regards sur vous, il n'est pas étonnant que certaines culpabilisent.

Les capotes (mon article « gênant » préféré)

Il y a, bien sûr, les clients « cachez ce préservatif que je ne saurais voir ». Ceux-là chercheront à « noyer » leur boîte au milieu d'autres achats (certains auront même pris soin de choisir des produits dont la taille et la couleur de l'emballage seront similaires au paquet tant désiré), ou alors ils la jetteront sur le tapis au tout dernier moment (style « pas vu pas pris »). Attention à ne pas la lancer trop fort, elle pourrait se retrouver sur le tapis de la caisse d'à côté, juste devant le nez de votre voisine de palier. Et là, la seule solution, c'est l'exil en Amérique du Sud...

Il y a les clients « je m'en moque ». Mais ceux-là, ils ne sont pas drôles.

Et il y a les « vantards ». Un vrai sketch. Les yeux pleins de testostérone, ils déposent sur le tapis leurs deux voire trois ou quatre boîtes de capotes taille

XXL. Ils n'achètent évidemment rien d'autre (ou si, à la rigueur du gel lubrifiant... ça s'explique) et attendront avec impatience que tous les clients autour d'eux (ils préféreraient du magasin tout entier) s'en aperçoivent et leur lancent des regards pleins d'admiration (pour les filles) et de jalousie (pour les mecs). Ils vous en voudront si vous passez trop vite leurs boîtes mais vous adoreront si vous utilisez votre micro pour demander leur prix (n'oubliez pas de préciser XXL).

Et bien sûr, ils n'ont jamais de sac.

Le DVD porno

Le « vantard », évidemment, quand il en achète, l'exhibe fièrement avec ses boîtes de capotes. Plus le titre du DVD sera hard, plus il sera content.

Il y a aussi ce couple qui trouve « scandaleux » que « vous » (c'est évidemment toujours vous la responsable quand quelque chose ne va pas) ne vendiez pas de porno. Vous ne devriez plus trop souvent avoir à vous excuser de cette lacune. Les grandes surfaces ont aujourd'hui compris le marché juteux qu'il représente et possèdent bien souvent leur rayon. Mais si ! Ils sont cachés dans le coin là-bas et tout en haut, hors de portée des enfants...

Mais d'autres chercheront à se faire plus discrets.

– En l'achetant avec d'autres films plus « familiaux » (Walt Disney par exemple) et en le mettant en sandwich au moment de payer (style « une erreur s'est glissée par inadvertance »). Vous vous direz que Cendrillon a pris pas mal de poitrine ces derniers temps...

– En vous réclamant une pochette cadeau chaque fois qu'ils en achèteront un. Sans doute pour offrir à leur femme à la place des fleurs... Ou à un couple d'amis en crise... Ou parce qu'il n'y a plus de sac plastique... L'envie vous brûlera de le leur demander.

Vous verrez aussi des maris qui n'en achètent que lorsqu'ils sont seuls et qui ne payent qu'en espèces.

Et bien sûr, je ne vous parle pas (si, je vous en parle, c'est trop bon !) de la tête du client dont le DVD ne passe pas, au moment précis où tout le monde entendra votre jolie voix demander : « Rayon DVD, s'il vous plaît, la caisse numéro cinq voudrait connaître le prix de *Baise-moi.* » Et à cet instant, moi aussi, j'aimerais bien voir votre tête.

Ah, tous les souvenirs inoubliables qui vous attendent !

Y a faim !!!

Entre 12 heures et 14 heures, vous verrez des clients qui profitent de leur pause-déjeuner pour faire leurs courses mais vous en verrez d'autres (quelquefois ça peut être les mêmes) qui, eux, en profitent pour déjeuner sur place. Le supermarché se met alors à ressembler à un grand self-service. Et certains clients, un peu à des porcs.

Peut-être un nouveau concept propre à la grande distribution.

Imaginez-vous avec cette brochette à votre caisse :

Premier client : il est en train de dévorer son sandwich thon-mayo à pleines dents. Bruyamment (doux euphémisme) et la bouche grande ouverte, de telle sorte que vous ne perdez rien de son contenu (tiens, où sont les cornichons ?). Vous lui demandez de vous prêter son sandwich un instant pour scanner le prix. Vous devrez attendre qu'il ait mordu dans un nouveau morceau avant qu'il ne vous le tende et ne vous le reprenne aussitôt. Attention à vos doigts. Il vous paie et pour vous remercier prononce une phrase incompréhensible accompagnée de miettes de thon et de pain qui atterrissent sur votre tapis. Joie, vous allez pouvoir vous servir de votre essuie-tout et de votre produit nettoyant plus vite que prévu. Méfiez-vous : la mayonnaise, ça beurre...

Deuxième client : avec d'autres articles, il a posé un paquet de chips que vous attrapez et qui se déverse entièrement sur votre caisse parce que le client n'a pas jugé utile de vous prévenir qu'il l'avait ouvert. Par contre, il jugera nécessaire de vous engueuler (ça calme si bien les nerfs) et d'exiger un nouveau paquet de chips. Pendant qu'il ira le chercher, vous serez priée de nettoyer rapidement votre caisse. Et tant pis si vos mains sont toutes grasses, ça fera un rappel avec votre tapis déjà bien glissant...

Troisième client : celui-là, vous l'avez déjà remarqué dans la file et vous avez eu un petit haut-le-cœur. Vous l'avez vu déballer un maroilles format familial et croquer dedans. Quand arrive son tour, il l'a déjà fini. Vous n'avez pas le temps de vous étonner de la rapidité avec laquelle il l'a englouti.

L'odeur, elle, vous prend à la gorge. Et elle va demeurer bien après le départ du client.

Quatrième cliente : celle-là, elle vous engueule parce que vous voulez l'obliger à payer la bouteille de jus de fruits qu'elle a bue en entier et qu'elle a laissée au pied de votre caisse. C'est vrai, n'oubliez pas : les caissières, c'est bête et aveugle.

Le 12 heures – 14 heures exige d'avoir les nerfs *et* le cœur bien accrochés. Rapidement, les clients qui mangent directement dans les rayons ne vous révolteront plus. « C'est toujours ça en moins », vous direz-vous.

C'est votre pause-déjeuner ? Bon appétit !

100 % remboursé, mine d'or assurée !

J'éprouve une certaine admiration pour ces clientes (majoritairement) qui n'achètent que les « bonnes affaires » du magasin et rien d'autre. C'est peut-être leur façon de se venger de leur pouvoir d'achat de plus en plus mince ou de se sentir moins « vache à lait » que les autres consommateurs.

Ce type de clientes a une volonté de fer. Sa liste de courses détaillée est longue et interdiction de se laisser tenter par un article sans réduction. Devant le rayon fromagerie, elle aurait bien aimé prendre du camembert mais il n'y a que le roquefort qui soit 100 % remboursé. Ni elle ni son mari n'en sont friands, mais ce n'est pas grave, elle le prend quand même et en quatre exemplaires. Pareil pour les compotes – « premier achat remboursé » qui ne concerne que celles à la fraise, parfum que déteste son fils. Elle les prend quand même. « Ce sera à la fraise ou pas de dessert. »

Elle a aussi le sens de l'anticipation : lessive format familial – « Satisfait ou remboursé ». Cinq paquets. « Ça servira toujours, on est trois à la maison. » Pareil pour la farine – trente points sur votre carte fidélité. Dix paquets. « J'en aurai de côté pour les gâteaux de Noël. » (On est au mois de janvier.)

Elle a enfin beaucoup de patience. Chaque fois, elle effectuera minutieusement le tour complet du magasin pour ne passer à côté d'aucune « bonne affaire ». Mais c'est surtout à la caisse qu'il lui en faut. Pour chaque article remboursable, elle a besoin d'un ticket pour le justifier. Le calcul est donc simple : trente articles remboursables, trente tickets de caisse et environ quinze minutes de patience (et plus si elle paie par carte bancaire, liquide, chèque, ticket restaurant et alterne les moyens de paiement).

Et cette chasseuse de bonnes affaires, quand elle arrive à VOTRE caisse, vous avez toujours un moment de doute et vous espérez tomber sur la cliente sympa qui a l'habitude du système. Sinon, vous risquez d'entendre une fois que vous avez scanné tous les articles (trente-cinq), annoncé le montant total (52,38 euros), demandé la carte de fidélité (deux fois car elle ne vous avait pas répondu) : « Eh ! Il me faut un ticket par article ! »

Il y a du monde derrière ? Ce ne sont pas ses oignons, à la cliente bonnes affaires, la seule chose essentielle est d'obtenir ses fameux tickets, sésame du remboursement.

Heureusement, les habituées viennent aux heures creuses et adorent partager leurs trouvailles avec les caissières.

Et j'imagine aussi que la cliente bonnes affaires est très bonne cuisinière : accommoder les sardines à l'huile (« 30 points sur votre carte fidélité ») avec les chips goût fromage (« Gagnez un voyage à Eurodisney »), le café (« 3 paquets achetés, 1 offert ») avec la sauce tomate (« 45 % gratuit ») ou vice versa... ça ne doit pas être facile tous les jours. Et le cassoulet en boîte (« 100 % remboursé ») huit fois dans le mois, c'est bon mais comment ne pas s'en lasser le mois suivant ?

La fabuleuse carte de fidélité dans toute sa complexe simplicité

Quel intérêt ? Aucun ou alors pas beaucoup (car non, ne rêvez pas vous ne deviendrez pas millionnaire avec). C'est juste un moyen (génial) de la part des enseignes pour inciter les clients à revenir dans leurs magasins plutôt que de se rendre chez les concurrents. C'est vrai que gagner un doudou-chat au bout de 3 000 points (1 point gagné par euro dépensé dans le magasin), 1 jeu de fléchettes au bout de 5 000 points, un compotier en plexi au bout de 10 000, 1 voyage à Eurodisney par tirage au sort, un lecteur DVD portable (en panne dans une semaine) au bout de 90 000 points + 25 euros, ou recevoir un chèque-cadeau de 5 euros uniquement valable sur les articles en promotion... donne envie de se battre bec et ongles pour obtenir la carte fidélité de son supermarché et rend vital le besoin d'aller y acheter le plus de produits possible, le plus souvent possible.

Mais tout ceci n'est que la partie émergée de la carte de fidélité car d'autres proposent des bons d'achats incroyables, 50 centimes pour l'achat d'un pack de lessive à 10 euros ou une ristourne qui correspond à un article acheté si vous en prenez cinq identiques, que vous avez la carte et que vous revenez dépenser la somme que vous avez gagnée dans le magasin à partir du lendemain (j'admire toujours la simplicité de ces explications, pas vous ?). On pourrait aussi parler des journées promotions où les porteurs de la carte (les veinards !) auront la chance de pouvoir acheter plus pour dépenser plus.

Mais jamais, au grand jamais, il ne vous faudra oublier la date de validité de vos précieux points ou bons d'achat car, si vous dépassez cette date butoir, vous perdrez tous les bénéfices si difficilement engrangés au fil des mois, voire des années et alors adieu jeu de 54 cartes, nounours en polyester ou appareil à fondue...

J'admire la facilité (ou serait-ce du mépris ?) avec laquelle les commerciaux de la grande distribution prennent les clients pour des enfants devant la boîte Bonux et son « super cadeau » à l'intérieur. Mais au regard du succès des cartes fidélité, il faut croire que les consommateurs ont gardé leur âme d'enfant. Et puis aujourd'hui, il est indispensable d'avoir « la carte ». Plus on en a (peu importe laquelle), plus on sent que la société nous appartient. Mais surtout sans la carte fidélité, la caissière n'aurait plus de sujet de conversation avec le client. (« Comment ça se passe ? » « Pourquoi elle me rapporte jamais rien ? » « Combien j'ai de points ? » « La carte Cora, ça marche chez Leclerc ? » « J'avais pas ma carte le mois dernier, vous pouvez me recréditer mes points ? »...) Ce serait vraiment dommage.

Fermeture versus ouverture : joies et félicités

« Nous informons notre aimable clientèle que le magasin ferme ses portes dans quinze minutes. Merci de vous diriger vers les caisses. Nous vous souhaitons une agréable soirée. »

20 h 45 : vent de panique. Les clients s'affolent. Plus une minute à perdre. Ça se met à courir dans tous les sens.

Et bing ! Les caddies qui se rentrent dedans.

Et splatch ! La pyramide de boîtes de chocolats qui s'effondre.

Et « Merde, ils ont déjà remballé les haricots verts ! »

Et vlan ! Le beurre, le lait, le fromage, les yaourts dans le caddie... et « Tant pis pour le reste ».

Et « Pourquoi, ils ferment si tôt ? Bande de fonctionnaires ! »

20 h 55 : La musique dans les haut-parleurs s'arrête.

« Vite, à la caisse ! »

Plus que trois caisses ouvertes. Quelques minutes de queue.

« Ouf, profitons-en pour aller chercher un paquet de pâtes ! »

21 heures : Les grilles se ferment.

Ça y est, le dernier client est passé. Ah, non ! encore un qui arrive en courant, tout essoufflé.

Les lumières commencent à s'éteindre.

Ça y est, la journée est bel et bien finie.

Vous poussez un petit soupir de soulagement suivi presque aussitôt d'un cri de stupeur.

Qu'est-ce qui tourne là-bas au coin du rayon pâtisserie ? Un caddie, avec au bout... un couple qui avance le plus tranquillement du monde. Vous sentez à leur démarche qu'ils n'ont pas du tout l'intention de se diriger vers les caisses.

Mais ça va chauffer pour eux. Le vigile, lui aussi, les a repérés.

Ah, mais non ! C'est lui qui se fait engueuler. Le couple s'énerve. Vous entendez des éclats de voix. Le visage de la dame est tout rouge.

Au bout de cinq bonnes minutes, la dispute s'arrête et le couple suit le vigile, dépité. Vous pensez qu'il a gagné. Mais soudain, alors qu'ils ne sont plus qu'à quelques mètres de votre caisse, le mari fait demi-tour et repart chercher un paquet de madeleines. Une question de vie ou de mort, évidemment. La femme, elle, continue de pousser le caddie tout doucement et en vous regardant droit dans les yeux.

Leur passage en caisse ? Un mélange de lenteur et d'injures.

Un article, une insulte (« C'est un scandale, on est vos meilleurs clients. On a le droit de prendre notre temps pour choisir ! »). Un article, une insulte (« Allez moins vite, vous êtes stupide ou quoi ! »). Un article, une injure...

Leur caddie est plein...

21 h 25 : le couple quitte votre caisse. Toutes les lumières sont éteintes, sauf la vôtre, tel le phare luttant contre vents et marées.

Vous êtes en heure supplémentaire depuis 25 minutes. Pas payées et à récupérer quand ça chantera à votre direction. Souriez : ce couple revient au moins deux fois par mois et toujours à la même heure. Courage, à la prochaine fermeture qu'ils viendront, vous ne serez pas là, ce sera votre jour de repos, veinarde !

Un conseil : punching-ball !

Et que la nature est bien faite ! Ce couple a son pendant, version « Ouverture ».

Et le compte à rebours démarre tôt !

8 h 25, H – 35 minutes : arrivée de leur voiture sur le parking. Ils sont les premiers. Petit sourire plein de fierté. Ils peuvent se garer à la meilleure place, juste devant l'entrée du magasin. Première victoire de la journée. Vite, pas de temps à perdre : récupérer le meilleur caddie (dont les roues ne grincent pas, intérieur propre et étincelant) !

H – 30 minutes : ils sont en position, leur caddie a le nez collé à la grille d'entrée. Il commence à pleuvoir. Ils ont oublié leur parapluie. Attendre dans la voiture, pour se faire piquer la place alors qu'une deuxième voiture arrive ? Deuxième victoire de la journée.

H – 15 minutes : ils sont trempés mais toujours premiers devant plus de... six personnes. Et hop, sixième victoire de la journée. L'impatience et l'adrénaline montent. Leur caddie gronde. Dernière vérification de la liste de courses avec visualisation simultanée des rayons du magasin. Une fois entrés, il s'agira de ne pas hésiter une seule seconde. Attention ! les gouttes de pluie sont en train d'effacer la liste de courses. Pas grave, ils la connaissent par cœur.

H – 5 minutes : votre journée à vous commence. Gros soupir suivi d'un long bâillement. Les yeux encore bouffis par le sommeil, vous vous asseyez et posez votre caisson. Vous lancez un coup d'œil vers la porte d'entrée et apercevez les déjà… sept… huit… dix… quinze excités du matin. Nouveau gros et long soupir.

H – 1 minute : le couple tout dégoulinant : « C'est toujours pareil ce magasin, il ouvre toujours en retard ! »

Heure H : « Bonjour et bienvenue dans… » et bruit de la grille qui se soulève et qui empêche d'entendre la fin du message d'accueil.

Le couple : « Ah ben quand même ! » Et la grille qui monte, monte… lentement, trop lentement. Ils passent en dessous. L'agent de sécurité leur fait signe d'attendre. « Vous êtes en retard, on n'a pas que ça à faire ! » lancent-ils, en colère.

Heure H + 30 secondes : ça y est, ils ont (enfin !) franchi les portes du magasin les premiers. Plus une seconde à perdre. Droit sur le rayon boucherie. Il n'y en aura pas pour tout le monde.

H + 4 minutes : Ils sont vos premiers clients. Et vous inaugurez le premier biiip de la journée. Bravo ! Vous êtes impressionnée : trente articles récoltés en moins de cinq minutes, du jamais vu. Vous les regardez, ils doivent être en train de savourer leur victoire totale. Eh bien, pas du tout. Le mari, énervé : « Vous pouvez accélérer ? »

H + 7 minutes : ils quittent votre caisse. « Merci » ou « Au revoir » ? Et puis quoi encore ? Pas le temps... La sortie du magasin est à l'autre bout de la galerie.

H + 8 minutes : la grille de la porte de sortie n'est pas encore ouverte. Le couple est planté devant, furieux. Vous buvez du petit-lait.

H + 30 minutes : ils sont rentrés chez eux. Leurs courses sont rangées. Leurs cheveux encore mouillés. Et ils n'ont plus rien de prévu pour la journée. Le mari éternue... Dehors, la pluie s'est arrêtée... Le soleil sort.

Couple « Ouverture » ou couple « Fermeture » ? Vous hésitez ? Les deux dans la même journée ?

« Je ris de me croire si drôle en ce miroir »

Jusqu'à présent, je ne vous ai pas donné une image très reluisante des clients. Je vais tout de suite y remédier en vous parlant de ceux qui sont à mourir de rire. Accrochez-vous à votre caisse, ça va déménager.

En l'espace d'une journée, en moyenne :

18 fois, vous entendrez : « Je vais vous faire travailler ! »

18 fois, vous répondrez : « Pas la peine, j'aime bien rester à rien faire » (ou si vous êtes en forme, vous pouvez tenter : « Ah non, je fais de la figuration ! »)

17 fois, vous entendrez : « Vous m'attendiez ? »

17 fois, vous répondrez : « Bien sûr, d'ailleurs, je commençais à me faire du souci ! »

15 fois, vous entendrez : « Si je suis sympa, vous me faites un prix ? »

15 fois, vous répondrez : « Vous préférez deux ou trois fois plus cher ? »

10 fois, vous entendrez (parce que le prix de l'article ne passe pas) : « Alors, c'est gratuit ! »

10 fois, vous répondrez : « Bien sûr et votre caddie aussi. »

10 fois, on vous tendra la carte vitale à la place de la carte bleue avec cette phrase : « C'est remboursé par la Sécu ! »

10 fois, vous répondrez : « Faudra me donner l'adresse de votre Sécu ! »

8 fois, vous entendrez : « Maintenant que j'ai rangé mes courses, je peux partir sans payer ? »

8 fois, vous répondrez : « Si vous courez vite ! »

1 fois, on vous demandera : « Quel est l'animal le plus léger du monde ? »

1 fois, vous répondrez (même si vous connaissez par cœur la réponse) : « Je donne ma langue au chat. »

1 fois, on vous répondra : « La palourde ! »

1 fois, on vous parlera en imitant une personnalité connue.

1 fois, vous répondrez (en toute bonne foi) : « Bernadette Chirac ? »

1 fois, on vous répondra, déçu : « Mais non, Johnny Hallyday ! »

Ne soupirez pas ! Eux, au moins, ne sont pas méchants et ils vous voient. D'accord, avoir l'impression d'être devenue une demeurée mentale, ce n'est pas non plus très exaltant. Si vous renoncez à leur répondre, faites-leur au moins un petit sourire (je sais, ça les encouragera à recommencer la prochaine fois).

Et, au fait, vous savez quel est le propre de la caissière ?

Eh bien, voyons, le rire !

Un esprit sain dans un corps sain

Madame, monsieur, vous en avez marre de vos bourrelets disgracieux ? Vous rêvez de perdre vos poignées d'amour ? Vous ne parvenez plus à retrouver votre poids de forme ?

Ne paniquez plus, en travaillant en caisse, vous avez choisi la meilleure voie. La solution miracle est au bout du tapis.

Laissez le laboratoire Caissière & Corp® vous guider et suivez ces divers exercices qui vous apporteront un bien-être en un temps record.

Perdez du poids

Variant tous les jours, puis d'une semaine sur l'autre, vos horaires décalés auront raison de vos kilos superflus.

L'avantage : sautez des repas, vous verrez c'est la victoire assurée. Caissière & Corp® l'a prouvé.

Petit inconvénient : vous serez bien sûr tenue de ne pas grignoter pendant vos coupures car, si la machine à sucreries de la salle de pause vous fait de l'œil, elle vous apportera bien vite une bouée, certes fort confortable pour nager, mais qui s'avérera fatale pour votre corps de rêve ! Mais votre volonté sans faille saura vous tenir éloignée de ces engins du diable et vous montrera le sain chemin de la bouteille d'eau minérale (ou du robinet...) et de la pomme, vos seuls compagnons indispensables sur votre lieu de travail.

Petit inconvénient : le bruit de votre estomac risque de faire concurrence aux biiip de votre caisse. Qu'importe, vous pourrez toujours mettre cela sur le compte du stress.

Musclez vos biceps

Ah, que soient bénis ces magasins qui refusent que les packs d'eau restent au fond du caddie, car c'est grâce à cet effort supplémentaire que vous, madame, et vous, monsieur, lorsque vous travaillerez en caisse, vous parviendrez à dessiner si joliment les muscles de vos bras. Vos biceps ne vous remercieront jamais assez pour ces exercices répétés inexorablement. Gardez le rythme surtout !

Petit inconvénient : Caissière & Corp® n'a pas pu engendrer si porter de lourdes charges pouvait apporter des tendinites. Certaines hôtesses de caisse s'en plaignent régulièrement, mais Caissière & Corp® se demande si ce ne serait pas de la pure fabulation.

Vous rêvez d'avoir de beaux fessiers ?

Qu'à cela ne tienne, la position que vous aurez lorsque vous serez en poste, mi-assise, mi-debout, vous fera travailler cuisses et fessier. Veinards ! Et n'oubliez pas, pour un meilleur résultat, n'hésitez pas à vous lever et à vous rasseoir de votre chaise trente à quarante fois par heure. Tout à fait réalisable sur votre temps de travail, vous redessinerez vos formes avec grâce et souplesse. Caissière & Corp® l'a prouvé.

Petit inconvénient : il paraît (mais encore une fois, ceci n'est pas démontré par notre laboratoire) que ce genre d'exercice peut entraîner divers maux du dos. Des caissières, qui n'ont pas accepté d'être examinées par les médecins de Caissière & Corp®, ont déclaré souffrir de sciatique et de lumbago. Tout cela ne reste qu'au stade de la rumeur...

Raffermissez-vous les seins

Eh bien oui ! Aussi incroyable que cela puisse paraître, le métier de caissière a un gros avantage pour vous, les femmes ! Vous portez à bout de bras des charges plus ou moins lourdes, vous effectuez des rotations de près de cent quatre-vingt degrés avec ces articles, ce qui a pour effet de muscler vos chers pectoraux. Le résultat sera visible au bout de seulement quelques semaines : vous aurez les seins plus fermes !

Il vous sera alors facile de comparer avec celles qui n'ont pas votre chance. Une cliente passe ? Une nouvelle caissière vient d'arriver ? Observez son tour de poitrine, puis observez le vôtre qui a déjà plusieurs mois de travail derrière lui. Ne voyez-vous pas une nette différence ?

Caissière & Corp® l'a prouvé, les caissières ont une belle poitrine bien ferme. Fini les seins qui tombent !

Petit inconvénient : il existe un risque minime de se faire un tour de reins et il est vrai que cet exercice est plus adapté aux femmes, certains hommes risquent de devoir porter des soutiens-gorge au bout de quelques mois de pratique. Mais avouez que le jeu en vaut la chandelle !

Développez votre système immunitaire

Avant de travailler en caisse, vous étiez sujet aux rhumes, angines et grippes à répétition ? Le contact permanent avec les clients (un sur sept est porteur de virus lors d'épidémies comme la gastro) renforceront votre système immunitaire et feront de vous un être résistant à toute maladie. De plus, la proximité des congélateurs, des portes automatiques presque toujours ouvertes et de la climatisation sauront vous renforcer durablement.

Petit inconvénient : il paraîtrait que certains employés deviendraient plus réceptifs aux virus à cause du contact prolongé avec ces microbes. Une étude est en cours mais pas de quoi s'affoler. Caissière & Corp® soupçonne qu'une partie du personnel lancerait cette rumeur pour avoir le droit de se moucher en caisse devant les clients.

Apprenez à vous maquiller

À rester derrière votre caisse à longueur de journées sous les néons, votre teint perdra son éclat naturel. Qu'à cela ne tienne, au bout de quelques mois de travail, vous serez devenue une experte en application de fond de teint (non fourni par le magasin) pour redonner un coup d'éclat à votre peau grisâtre.

Et profitez de vos coupures pour aller prendre le soleil sur le parking (bruyant et pollué) du magasin. La réverbération des rayons sur les voitures vous permettra de bronzer (ou de cuire) en un temps record.

Mettez votre cerveau au repos

À noter également que pour l'état et le développement de votre cerveau, les gestes automatiques et les phrases mille fois répétées permettront à votre esprit de se mettre en veille le temps de votre journée de travail. Vous pourrez récupérer vos facultés en sortant du magasin. Un bon moyen de préserver vos neurones pour vos vieux jours.

Petit inconvénient : certains clients vous compareront à une plante verte ou à l'idiote du village. Laissez-les dire, cela leur donnera un sentiment de supériorité et ils seront ravis de revenir faire leurs courses avec vous. Vous avez gagné vos premiers clients réguliers. Caissière & Corp® est fier de vous !

Alors, chers clients, la prochaine fois que vous ferez vos courses, observez bien les hôtesses de caisse et découvrez les gestes secrets qu'elles utilisent quotidiennement pour sculpter leur corps de rêve.

Travailler en caisse, c'est encore mieux que de fréquenter une salle de sport...

Allez, à moi les prochains packs d'eau et les litières pour chat ! ! !

Asseyez-vous, si vous pouvez

Vous connaissez le jeu des chaises musicales ? Oui, et vous aimiez bien quand vous étiez petite. Veinarde ! La direction de votre magasin vous offre la possibilité d'y jouer à nouveau, mais de préférence le samedi ou les veilles de fêtes. Le jeu se déroule comment ? C'est très simple.

On est un samedi matin, vers 11 h 30, vous arrivez à votre caisse, tout heureuse de cette nouvelle journée de travail qui vous attend et, ô joie, vous découvrez qu'il n'y a pas de chaise.

Voilà, la partie peut commencer.

Tout excitée, vous jetez un coup d'œil à gauche et à droite : les trente caisses fonctionnent, leurs voyants sont tous allumés. Auriez-vous déjà perdu ? Gros soupir. Mais non, vous reprenez espoir, douze caisses plus loin, le voyant est éteint. Vos jambes à votre cou, vous y volez. Énorme déception ! C'est votre collègue qui a oublié de l'allumer. Quelle idiote ! Vous êtes sur le point de le lui dire quand votre regard tombe sur une caisse vide et une chaise vide ! Vous vérifiez, non ce n'est pas un mirage, elles sont bien vides toutes les deux. Que la vie est belle ! Vous y volez. Le cœur battant, vous vous jetez sur la chaise.

Vous avez gagné ? Non pas encore. Il faut la ramener à votre caisse le plus vite possible. Au-delà de cinq minutes d'absence, avec ou sans chaise, vous avez perdu. Et il ne vous reste que deux minutes.

Mince, elle est trop large pour sortir de l'îlot !

Empotée, tirez dessus de toutes vos forces !

Zut, elle n'a pas de roulettes. Et puis elle est super lourde !

Arrêtez de geindre, prenez-la dans vos bras et dépêchez-vous ! Il vous reste une minute et soixante-dix mètres à parcourir. Vous renoncez ? Vous préférez la tirer à cause de votre lumbago ? OK, mais vous avez perdu et merci pour les grincements... Excusez-vous, vous avez heurté le caddie d'un client... Ça y est, vous êtes enfin arrivée à votre caisse ? Pas trop tôt !

Vous suez à grosses gouttes et vous pensez pouvoir récupérer votre souffle ? Allez, assez rigolé, au boulot. Trois cent cinquante clients au moins à enregistrer dans la journée et cinq attendent déjà (les rusés... ils vous suivaient déjà quand vous chassiez votre chaise). Pas question d'échouer cette fois-ci. Vous reprendrez votre souffle à la prochaine pause.

Mais, me direz-vous, pourquoi n'y a-t-il pas une chaise à chaque caisse ?

Réponse : au départ, il y en avait assez, mais ce serait trop simple de remplacer un siège à chaque fois qu'il rend l'âme et puis c'est un jeu marrant, non ?

Tu ne voleras point !

Les grandes surfaces : de véritables cavernes d'Ali Baba où malheureusement tout est payant. Comment résister à la tentation de voler si un jour l'envie est trop forte, le porte-monnaie trop vide ou si vous êtes tout simplement cleptomane ? C'est humain, très humain. Mais si vous ne voulez pas vous faire prendre, cher(e) client(e), évitez les stratagèmes suivants, trop connus des caissières, ou alors aménagez-les.

Le beau parleur

Il est très volubile, raconte sa vie, plein de blagues avec de grands gestes. Un vrai clown ou plus exactement un vrai magicien. Il espère ainsi « endormir » l'attention de la caissière qui ne s'apercevra pas que son ventre sous son pardessus est bizarrement rebondi.

Vous avez la tchatche d'un Luchini ou d'un Debbouze ? Vous pouvez tenter votre chance, mais alors soyez sûr(e) de votre talent car si le public n'est pas très réceptif, vous risquez de jouer votre prochain numéro entre deux agents...

Le couple qui s'engueule

Alors que la caissière est en train de scanner leurs articles, une brusque et violente dispute éclate entre le mari et la femme pour une histoire de produits achetés en double ou de couleur de papier-toilette... Le ton monte, ils en viennent aux mains. La caissière ne sait plus où se mettre et baisse les yeux. Ils en profitent pour discrètement faire passer un sac à dos rempli de courses.

Laissez tomber cette tactique, la plupart des caissières d'aujourd'hui adorent les scènes de ménage et n'en perdent pas une miette. À moins que vous n'alliez jusqu'à vous mettre à poil en arrachant vos vêtements (en même temps, la technique risque d'attirer un peu trop de regards).

Le planqueur

Le client met un CD dans un camembert, des piles entre les canettes de Coca achetées en pack... Tous les produits susceptibles de servir de « couverture » sont connus des caissières. Redoublez d'imagination ou venez, par exemple, avec un sac à provisions muni d'un double-fond. Et laissez donc tomber le : « Ah, j'avais pas vu ! », quand la caissière découvre votre larcin...

L'outré

Il passe avec ses courses et le portique sonne. Et immédiatement : « C'est un scandale ! », « Inadmissible ! », « Prenez-moi pour un voleur pendant que vous y êtes », « Vos portillons sont détraqués, déjà la dernière fois, ils m'ont fait le coup », « Jamais plus je ne remettrai les pieds ici ! »... Il espère ainsi impressionner la caissière ou l'agent de sécurité qui ne lui demanderont pas de vérifier ses articles et le laisseront passer, épuisés par ses cris. Même si vous savez faire très peur, laissez tomber cette tactique. Usée jusqu'à la corde.

Le coureur de fond

Il traverse à toute vitesse les caisses, un article volumineux dans les bras et prend tout le monde par surprise. Exige une excellente forme physique et aussi des talents de rugbyman pour éviter d'être plaqué à la sortie par les agents de sécurité.

Le code-barreur

Il permute le code-barres du produit qu'il veut acheter avec celui d'un produit moins cher. Deux inconvénients : aujourd'hui les étiquettes où figurent les codes-barres se décollent très difficilement (quand elles peuvent encore se décoller) et se déchirent facilement. Mais, surtout, le gain récolté risque d'être faible. Une Cocotte-Minute au prix d'un paquet de sel, ça ne passera pas inaperçu auprès de la caissière. Ne la prenez jamais pour une idiote. Cette erreur pourrait vous être fatale.

Le ni vu ni connu

Il fait la queue comme tout le monde. La caissière le prend pour un client comme un autre qui attend tranquillement son tour. Et soudain, il sort de la file et se dirige rapidement vers la sortie, son sac rempli de courses sous le bras. Le temps que la caissière réagisse et prévienne la sécurité, il a pris la clé des champs. Il compte sur la passivité de la foule et la fatigue de la caissière. Osé mais très bien vu. Cette tactique requiert que les agents de sécurité soient eux aussi très fatigués ou absents. Il faut donc bien choisir son heure et surveiller les tours de pause. Ça peut se jouer à la seconde près.

J'aimerais aussi vous mettre en garde sur un dernier point : méfiez-vous des autres clients. Certains ont la délation dans le sang et n'hésiteront pas à vous dénoncer auprès d'une caissière ou de la direction. Si, si, je vous assure. Donc soyez prudents quand vous volez dans les rayons (et la Cocotte-Minute sous le pull, c'est quand même pas discret !).

Voilà quelques conseils qui, je l'espère, vous seront utiles.

Bonne chance !

Et le braquage du supermarché ?

Faut pas pousser !

Le chef, c'est moi !

Travailler en caisse vous donne l'impression d'être seule aux commandes face aux clients ? Pas tout à fait, quand même. N'oubliez pas votre chef : un œil pour veiller sur vous, un œil pour vous surveiller.

Mais qui est-il ? Que fait-il ? Comment vit-il ?

Et vous, comment allez-vous gérer au mieux cette cohabitation ?

Des responsables, il en défile presque autant que les hôtesses de caisse dans les magasins. Certains tiendront quelques jours, d'autres des années. Chacun apportera sa méthode, ses objectifs et ses principes.

Il y a le chef efficace.

Il a gravi les échelons les uns après les autres à force de travail, il mérite certainement sa place. Il connaît tous les postes, sait dépanner tous les problèmes et sera là au moindre souci.

Votre caisse plante. Vous appelez la caisse centrale (bien obligée...) :

– Ma caisse est bloquée.

– J'arrive, lance immédiatement le responsable.

Trois secondes et demie plus tard, la porte de la caisse centrale s'ouvre, le chef en surgit le téléphone dans une main, un tournevis dans l'autre. Et hop, un bonjour avec un grand sourire au client au passage :

– Je m'occupe de ce petit problème, ça ira vite.

Oui, des responsables sympas, ça existe, j'en ai déjà rencontré !

Il y a le chef éternel insatisfait.

Rassurez-vous tout de suite, vous croiserez aussi des lunatiques. Tiens, il ne dit pas bonjour, aujourd'hui. Vous aussi vous pouvez vous en abstenir avec les clients ? (Non ? Ah oui, c'est vrai, vous n'êtes pas chef.)

Vous verrez aussi des grincheux. Ainsi, au moment toujours un peu délicat du comptage, certains savent mettre une pression qui ne fait que renforcer votre stress. On découvre aussi très vite que leur gentillesse n'a d'égale que leur serviabilité :

– Ma caisse est bloquée. Je ne peux plus rien faire.

– Encore ? Elles m'énervent ces caisses de merde. Et ces caissières, pas capables de respecter le matériel (suivi d'un bougonnement inintelligible).

Un de ses subalternes arrivera quelques minutes plus tard pour réinitialiser la caisse. Pendant ce temps d'attente, vous avez intérêt de sortir quelques blagues au client afin de ne pas diffuser les ondes de mauvaise humeur qui planent tout à coup autour du téléphone.

Il y a le « dieu-chef ».

Celui-là ne pense qu'à sa carrière, à son avancement et à ses objectifs personnels. Il finit par oublier que sous ses ordres, le personnel a aussi des droits. Son arme ? La communication à outrance. Des mots affichés, on en voit partout. Ils exhibent objectifs, chiffres d'affaires ou de rendement. Tout vous sera étalé sous les yeux. Vous aurez presque l'impression d'être impliquée dans le bon fonctionnement du magasin jusqu'à ce que votre chef bien-aimé finisse par dévoiler son côté prédateur.

Vous dites bonjour au délégué du personnel et vous discutez avec lui deux minutes ? Vous êtes sûre que trente secondes plus tard, le chef va vous demander si vous avez un problème avec l'autorité...

Vous avez besoin d'aménager vos horaires pour un rendez-vous personnel ? Mieux vaut accepter de faire quelques heures supplémentaires (non payées et récupérées... six mois plus tard) la semaine précédente sous peine de vous attirer les foudres du dieu-chef.

Et si par malheur vous tenez tête au responsable parce qu'il a pris une décision réellement injuste, il saura vous rappeler à l'ordre avec son argument imparable : « Le chef, ici, c'est moi ! »

Vous avez retenu la leçon, j'espère. Sinon, gare aux punitions ! Non, pas comme à l'école où on va faire signer un mot aux parents ou vous faire copier cent fois : « Je ne dirai plus jamais non à mon chef bien-aimé », on va jouer à un autre jeu ici. La surprise arrivera en même temps que votre fiche d'horaires : une semaine particulièrement pénible (la joie des fermetures) ou un changement de poste. Ah, vous aimez aller à l'accueil ? Oui, mais vous ne souriez pas assez (comprenez : « Ça vous fera les pieds de faire une semaine de caisse ! »).

Le pire, il croira que cette punition vous sera bénéfique pour la suite. Vous croyiez que cela renforçait les conflits ? Vous ne devez pas avoir la même vision de la vie (ou les mêmes objectifs...).

Il y a le chef « objectif sourire ».

Celui-là s'appuiera sur les comptes rendus des clients mystères. Ces derniers notent les employés et mettent en avant les bons et surtout les moins bons comportements (quand je vous dis que certains ont la délation dans le sang). Et ce responsable cherchera à augmenter la satisfaction du client. Cela se concrétise par la volonté d'avoir le maximum de sourires de la part des hôtesses de caisse. C'est votre chef ?

Vous avez de la chance car lui tentera d'arranger au mieux les employés, il sera toujours joyeux ou presque et pourra même aller jusqu'à vous apporter son soutien.

C'est une espèce rare, alors si vous en avez un sous la main, ne le lâchez pas !

Sachez tout de même que votre débilité avérée vous obligera à faire systématiquement appel au chef ou à son adjoint pour la moindre manipulation qui sort de vos prérogatives (vous ne saurez même plus enlever seule un article compté en trop). Et les caméras de surveillance ne vous quitteront pas des yeux. Elles sauront vous dissuader de piquer un petit somme ou de voler même une petite somme, de vous moucher dans le pain du client ou de vous mettre les doigts dans le nez. Et grâce aux dernières générations de caisses, votre chef pourra suivre votre chiffre d'affaires en temps réel et vous « éteindre » quand il le souhaite.

Si avec tout ça vous n'avez pas compris que le travail rend libre...

Votre tapis de caisse : ami ou ennemi ?

Le tapis roulant : un élément comme un autre de votre caisse ? Bien plus que ça. Votre ami ! Premier à être en contact avec les clients, il pourra se révéler un allié fort estimable. Il dispose en effet de quelques tours pour vous venger de ceux qui vous traitent mal. Ainsi :

Avec le client pressé qui vous lance des regards noirs pleins d'exaspération (c'est votre faute s'il y a du monde) et qui a vidé son caddie comme on vide une poubelle – le tapis, votre ami, effectuera un léger soubresaut. Et paf, la boîte d'œufs par terre, et splatch, la bouteille de vin qui s'écrase et qui éclabousse son joli pantalon beige. Ça ne va pas le mettre en avance. Et en plus il faut attendre que le service nettoyage passe ? Pauvre chéri (si vous souriez, restez quand même discrète).

Avec le client au téléphone qui vous ignore superbement alors que vous venez de l'aider à ramasser toute sa monnaie tombée par terre (même pas un merci) – le tapis, votre ami, avalera sa carte bleue qu'il a oubliée de ramasser, trop absorbé par sa conversation téléphonique. Votre client devra attendre au moins vingt minutes pour la récupérer. Oh tiens, ça y est, il vous parle !

Avec le gamin qui n'arrête pas de hurler depuis que sa mère fait la queue (presque quinze minutes), qui vous tire la langue et qui vous a jeté son biscuit au chocolat à la figure – le tapis lui pincera le doigt. Il n'avait qu'à pas essayer d'arrêter son roulement. Ce n'est pas un jouet. Les hurlements reprendront de plus belle mais au moins cette fois, vous savez pourquoi il pleure.

Avec le client qui a tout son temps, qui se moque que le magasin soit fermé depuis déjà dix minutes (vous le reconnaissez ?) et qui ne pose qu'un article à la fois, le tapis accélérera ses rotations, provoquant ainsi des grincements très désagréables. Même une fois rentré chez lui, le client aura du mal à retrouver une audition normale.

Mais avec le client super sympa qui vous a dit bonjour en souriant et qui a rangé ses articles du plus lourd au plus léger avec leur code-barres face au scanner (ouah !), il sera lui aussi très touché et émettra un doux ronronnement. Et tout ira comme sur des roulettes.

Il arrivera aussi que le tapis vous abandonne lâchement. Clients pénibles ou pas.

Il changera de camp et se rangera du côté des clients. Il avancera alors sans s'arrêter et déversera tous les articles comme on vide une benne. Impossible de le stopper car il y aura apporté tant de zèle que votre salut ne viendra que du bouton d'arrêt d'urgence (le gros bouton rouge qui ne fonctionne qu'une fois sur deux). Les articles en auront pris un coup et vous aussi. Sans oublier que le client vous rendra seule responsable (ben voyons !). Les règlements de comptes avec ces tapis ingrats se feront en fin de journée par un nettoyage à l'eau de Javel (on se venge comme on peut)...

Vous risquez aussi de rencontrer un jour celui qui, lassé de tourner en rond depuis des lustres, s'arrêtera définitivement dans un long et dernier râle. Un cri déchirant qui vous fera comprendre que votre ami vous a quittée, vous laissant tomber face à la marée de produits et de clients qui n'y verront qu'une panne. Ils vous lanceront : « C'est toujours sur moi que ça arrive », vous pousseront leurs articles en maugréant et vous engueuleront car vous êtes bien sûr coupable de leur mésaventure. Le tapis, lui, restera immobile. Impassible. Inerte.

Je délire ? Attendez un peu. À la longue, certains jours, votre solitude et votre impuissance face aux clients désagréables seront si grandes que le moindre secours, même celui d'un tapis roulant défaillant ou capricieux, sera le bienvenu.

Alors, le soir, nettoyez-le avec amour et le matin en arrivant, faites-lui une petite caresse. Il vous adorera. Et peut-être, qui sait, un jour, il avalera le client ou le chef de rayon irascible.

Comment cacher sa fortune ?

Il arrivera que le physique de certain(e)s client(e)s vous fasse fantasmer. Et vous vous surprendrez à les imaginer nu(e)s, à rêver que vous leur massez les pieds (et plus si affinités). Et puis il y en aura d'autres qui ne vous inspireront rien du tout mais qui auront la générosité de vous faire profiter de certaines parties très appétissantes de leur anatomie. Ceux-là ont tous un point commun : une peur bleue d'être volés et leur argent liquide bien caché au chaud sur eux. Moyenne d'âge : aucune en particulier (il y a des paranos partout).

Au moment du paiement, vous aurez donc la chance de voir de très près :

– La poitrine plantureuse et toute flasque de Mme Raymond. Et avec, le soutien-gorge gris (il a dû être blanc à une époque) dans lequel elle a caché ses billets. Le tout accompagné d'une bouffée d'eau de Cologne ou de liqueur de mirabelles (difficile à dire).

– Le pied squelettique et la chaussette trouée de M. Bezaut, d'où il sort son billet de 50 euros. Inconvénient : une odeur bien reconnaissable. Ah non, ça vient peut-être du pont-l'évêque qu'il a acheté.

– Le ventre bien rebondi de M. Vincenti. Ses petits bras ont toujours un mal fou à atteindre, sous son pull, la poche de la chemise où il planque son argent. Et vous sentez qu'aujourd'hui il n'a pas eu le temps de prendre une douche (hier non plus, d'ailleurs).

– Là, vous ne voyez rien, mais vous entendez Mme Jourdan : « Attendez, je n'ai pas assez d'argent, je vais aux toilettes. » Et quand, quelques minutes plus tard, vous la voyez, triomphante, revenir avec ses billets à la main, vous vous abstenez d'imaginer quoi que ce soit. Vous vous contentez juste de les prendre du bout des doigts.

Oui, oui, je sais : « L'argent n'a pas d'odeur. » Surtout pas quand vous êtes caissière.

C'est moi qui paie !

Payer ses courses : une obligation dont les clients se passeraient volontiers. Vous en savez quelque chose, ils vous le font payer tous les jours, chacun à leur façon. Parfois, vous vous demandez même si vous n'êtes pas une voleuse, vu le regard noir et les insultes qu'ils vous lancent. Aussi serez-vous peut-être étonnée d'apprendre que certains se battent pour payer. Oui, vous avez bien lu. Se battent.

À titre d'exemple, cette scène, que j'ai vécue.

Deux amies arrivent avec un CD pour payer à ma caisse.

Caissière
19,99 euros, s'il vous plaît.

Elles sortent en même temps leur carte bleue.

Amie 1
Laisse-moi payer.

Amie 2
Non, c'est à moi de payer.

Amie 1
Hier, tu m'as invitée au resto.

Amie 2
Oui, mais la semaine dernière, c'était toi.

Amie 1
Oui, mais tu m'avais payé ma place de concert.

Amie 2
C'était pour ton anniversaire, ça compte pas.

Amie 1
Tu m'as aussi offert un DVD.

Amie 2
Oui, mais je te l'avais promis depuis longtemps.

Amie 1
C'est pas vrai, c'est moi qui avais promis de te l'offrir.

Amie 2
Peu importe, l'année dernière, tu m'as invitée plus souvent que moi à manger chez toi.

La caissière commence à avoir le tournis. Mais ce n'est pas fini. L'amie 1 profite de la dernière réplique de sa copine pour introduire sa carte dans le serveur. L'amie 2 lui prend la main, fait tomber sa carte et glisse la sienne. L'amie 1 la bouscule et arrive à la retirer mais sans avoir le temps de remettre la sienne. L'amie 2 lui attrape les deux mains et se met devant elle. L'amie 1 se débat violemment et essaie d'atteindre le serveur qui... glisse de son socle, cogne contre la caisse et s'écrase par terre. Mais ce n'est toujours pas fini. L'amie 2 profite de la confusion pour enfoncer un billet de 20 euros dans la main de la caissière. L'amie 1 est prête à lui arracher le bras pour le récupérer.

Caissière (chancelante)
Si vous voulez régler vos comptes, merci de le faire dehors. Le sang, ça tache.

Elles éclatent de rire. Et l'amie 1 laisse l'amie 2 payer.

Cette petite histoire est révélatrice, je trouve, d'un travers de notre société. « Payer » comme la vraie et seule preuve d'amitié même entre les deux meilleurs amis du monde. Et c'est souvent pareil en amour... Je paie, donc je suis.

N'hésitez pas à le rappeler à vos clients. Le total passera mieux, vous verrez.

Les mots d'enfants

Le regard que posent les enfants sur le monde est plein de perspicacité, de candeur, de poésie, de tendresse... Aussi l'émotion vous étreindra quand vous entendrez :

Le petit Richard (sept ans) vous demander, après avoir observé attentivement votre caisse :

– Il est où ton lit ?

Le petit Nicolas (neuf ans) :

– Et à moi, tu m'en donnes des sous ?

Parce que vous avez rendu la monnaie à sa mère.

La petite Juliette (six ans) :

– T'es en prison ?

Parce que votre caisse ressemble plus à une cage à lapin qu'à une caisse de supermarché.

La petite Rose (cinq ans) :

– Maman, elle a pas d'argent pour payer ses courses. Elle peut que te donner un chèque.

Parce que le client précédent payait en liquide et que la mère de la petite fille lui avait expliqué qu'elle n'avait pas de monnaie.

Tout ceci est bien naïf et vous fait plutôt sourire. En revanche, quand les parents se servent de vous pour faire peur à leurs enfants, gardez le sourire (il est obligatoire), mais il n'est pas interdit de rétablir la vérité.

Alors si vous entendez une mère dire à son enfant en vous pointant du doigt : « Tu vois chéri, si tu ne travailles pas bien à l'école, tu deviendras caissière, comme la dame », rien ne vous interdit d'expliquer que ce n'est pas un sot métier, que vous ne voulez pas rester au chômage et que vous avez même fait des études brillantes (Un bac + 5 ? Tout ça ?).

Sinon, ne vous étonnez pas si après les enfants vous manquent de respect ou vous voient comme une ratée...

J'ai un scoop pour toutes ces personnes bien pensantes : il est loin le temps où avoir fait des études conduit à un emploi de rêve. Aujourd'hui, les diplômés universitaires occupent aussi bien souvent des petits boulots.

Merci, chers parents clients, de vous servir de nous comme épouvantail pour élever vos enfants ! Réactualisez un peu votre copie.

Caissière : le sexe des anges

On ne cesse de répéter à longueur de journée que :

– Les petites filles sont aussi intelligentes que les petits garçons (voire meilleures dans leurs études).

– Les records des championnes sportives sont aussi impressionnants que ceux des champions. Et les reines du catch presque aussi connues que les rois.

– Les femmes sont capables d'être aussi autoritaires, aussi colériques, aussi grossières que les hommes.

– Les garçons sont aussi jolis, aussi sensibles, aussi courtois, aussi futiles et bavards que les filles.

Et ce ne sont pas les preuves qui manquent.

Alors pourquoi continuer à tolérer :

– De voir tous les matins « n° de caissière » inscrit sur votre caisson ?

– Que les garçons soient systématiquement (ou presque) envoyés dans les rayons pour y soulever la marchandise et la ranger et pas les filles ?

– Que le nom « caissière » soit passé dans le langage courant et pas « caissier » ?

– Que « hôtesse de caisse » se dise mais pas « hôte de caisse » ?

– Que les filles soient largement plus nombreuses derrière les caisses que les garçons ?

– Que notre société soit encore éminemment machiste ?

C'est vrai, j'oubliais : sans doute pour faire taire les énervées chroniques dans mon genre, la grande distribution a inventé un terme très mignon, « employé(e) libre-service ». Le débat est ainsi clos et le problème résolu, n'est-ce pas ?

Je rêve du jour où tous les caissiers, les clients et les chefs se prendront par la main... On a le droit de rêver, non ?

« Votre caisse est en pause »

Il vous arrivera forcément un jour ou l'autre de lancer au client :

– C'est fermé.

Et celui-ci vous répondra certainement :

– J'ai qu'un article.

Si, les premières fois, vous vous laisserez convaincre d'encaisser son sandwich, sa perceuse électrique ou ses ampoules basse consommation, très vite, vous apprendrez à refuser poliment (il y en aura toujours un derrière pour râler que lui aussi n'a qu'un seul article). Car oui, même les caissières ont le droit d'aller en pause et de se détendre quelques instants.

D'ailleurs, c'est quoi, ces histoires de pause ? Vous, au bureau, si vous souhaitez vous absenter de votre ordinateur pour aller faire pipi, prendre un café ou discuter cinq minutes avec un collègue, vous n'avez pas besoin d'aller demander la permission... En caisse, si. Vous voilà revenu au temps de l'école primaire.

Vous voulez dire bonjour à un collègue dans un rayon à l'autre bout du magasin ? Ah non, ce ne sera pas possible pendant vos heures de travail.

Vous avez besoin d'aller au petit coin ? Avez-vous demandé l'autorisation ?

Vous voulez vous prendre un café ? L'avez-vous sollicité ?

Vous avez besoin d'aller fumer une cigarette ? Votre requête a-t-elle été acceptée ?

Il est 13 heures, vous avez faim et vous n'êtes qu'à la moitié de vos six heures de travail ? Avez-vous demandé si vous pouviez prendre votre pause ?

Dans le commerce (en caisse tout du moins), c'est ainsi que cela fonctionne. Vous avez été engagée pour travailler derrière une caisse, vous ne pourrez donc pas quitter votre poste sans autorisation de la caisse centrale. Alors, quelle que soit la demande ou son urgence, il faudra passer par le téléphone...

Cela vous paraît infantilisant et frustrant (surtout pour demander à aller aux toilettes !) ? C'est une habitude à prendre.

Et que ce soit dans une petite supérette ou dans un hypermarché, la démarche pour avoir le droit de quitter sa caisse reste la même.

Et vous aurez le droit à ce jeu de question/réponses au téléphone :

– Je peux prendre ma pause ?

(Cocher la réponse selon la circonstance.)

– Oui.

– On va venir te remplacer.

– On te rappelle, il y a déjà trop de monde en pause.

– Patiente un peu, il y a un coup de bourre en caisse.

En fonction de la réponse, votre sourire ou votre grimace laissera transparaître votre état d'esprit.

Et parfois, lorsque la caisse centrale vous dit : « On te rappelle », il y a même une chance pour qu'on vous oublie. Vous nc rappelez que trois quarts d'heure plus tard (parce que vous êtes solidaire des autres filles de caisse) et on vous répondra peut-être même une fois encore : « On te rappellera pour ta pause. » Votre rictus sera le résultat d'un énervement intérieur qu'il faudra parvenir à réprimer, surtout devant le client qui, lui, n'y est pour rien...

Et hop, sourire de façade et c'est reparti pour un tour.

Un autre grand moment de solitude pour bon nombre de caissières, c'est celui où l'on demande l'autorisation de se précipiter au salon d'aisance...

Imaginez un instant : le magasin est bondé, ça fait deux heures que vous vous tortillez sur votre chaise, dans l'attente improbable de voir passer votre envie d'aller aux toilettes parce que vous ne voulez déranger personne. Malheureusement, ces envies restent et, au bout d'un moment, il faut prendre la décision de demander de fermer votre caisse pour pouvoir aller vous soulager.

Vous faites l'effort de prendre le téléphone et vous tentez même d'être un peu discrète vis-à-vis des clients qui n'ont pas à savoir que votre vessie est pleine, le tout en continuant de passer les paquets de papier toilette et de tranches de jambon.

Après plusieurs tentatives (le téléphone sonne toujours occupé), la caisse centrale vous répond enfin.

– Je peux m'absenter un instant de ma caisse ? (Voix discrète.)

– C'est pour quoi ? (Avec une voix désagréable, ça marche aussi.)

– Il faut que j'aille aux toilettes.

– Euh, tu peux attendre un peu ? (Choisissez la réponse appropriée.) On va te donner ta pause dans une heure/Tu y es allée il y a seulement deux heures /Mais tu as commencé il y a à peine une heure !

– C'est que c'est urgent.

– ... Mmmh (ou autre borborygme), on va te remplacer.

(Et là, on espère que la remplaçante arrivera vite !)

Dans certains magasins, des codes sont mis en place pour permettre de faire la demande en toute discrétion au téléphone, car dire : « J'ai un code violet », « Je peux avoir un 157 », « Le soleil brille », « 1945 » fait tout de suite plus énigmatique.

Parce que sincèrement... le « J'ai envie de faire pipi » n'intéressera sans doute pas la terre entière... et les sourires en coin de certains clients ne vous feront pas forcément rire non plus.

C'est compliqué d'aller soulager sa vessie quand on est caissière.

Mais revenons à nos moutons et approfondissons le sujet « pause ». C'est jour de fête aujourd'hui, vous avez demandé votre pause et on vous l'a accordée, vous allez même pouvoir aller en salle de pause !

Mais quel est donc ce haut lieu de rendez-vous où tous les employés du magasin se croisent dans la journée ? Quelle est donc cette salle, objet de toutes les convoitises de la part des caissières lorsqu'elles laissent tomber leur travail et les clients ?

Il existe plusieurs sortes de salle.

Cela va de l'arrière-cuisine (tout confort : table, chaises, réfrigérateur, cafetière, four à micro-ondes) au réfectoire (sans les repas toutefois...) avec de grandes tablées et des bancs (étroits de préférence...). Rustique, je vous l'accorde.

Dans les hypermarchés, la pièce est étudiée différemment. Ici, point de cafetière à disposition du personnel, mais une machine à café (payante bien sûr), des distributeurs de sucreries et de sandwichs (payants eux aussi) et, avec un peu de chance, une fontaine à eau (gratuite, celle-là, en espérant juste qu'il y reste des gobelets !). Il y a quelques tables et chaises. Cependant, évitez d'aller en pause tous en même temps car les places assises seront rares... À croire que tout le monde veut manger à la même heure (ils exagèrent !). Et puis, il y aura la queue pour faire réchauffer son plat dans l'unique four à micro-ondes (le luxe, c'est quand un deuxième est installé).

Une salle conviviale, où l'unique décoration est un tableau d'informations (mots du CE, du directeur, du syndicat, petites annonces...) Dans un coin trônent quelques magazines à feuilleter, les mêmes depuis plus de six mois.

Mais il paraîtrait que ce n'est pas partout pareil. On m'a raconté (j'aurais bien aimé voir ça !) que dans d'autres hypermarchés, vous auriez droit à des fauteuils et à la télé (les décorations, par contre, ce n'est toujours pas ça et la peinture commence vraiment à s'écailler).

Mais à part prendre un café et manger son sandwich, qu'y fait-on, dans cette pièce ?

C'est pourtant simple, on discute ! De tout, de rien, des conditions de travail, des relations avec les autres employés et des chefs. Bref, c'est le lieu d'échange où l'on refait le monde. Mais pour que cela se passe au mieux, on jette d'abord un coup d'œil à gauche et à droite, histoire de vérifier s'il n'y a pas un chef en vue ou un responsable à portée de voix. On veut bien critiquer, mais on va quand même éviter que ça leur revienne aux oreilles... Enfin, tout cela va bien vite, car à trois minutes de pause par heure travaillée (dans certaines enseignes, la pause est un peu plus longue : quatre minutes par heure, quelle chance !), on n'a pas vraiment le temps de tout se raconter.

Petite mise en situation (chronomètre en main).

Six heures de travail à suivre ? Veinarde, ça vous fait dix-huit minutes de pause.

Vous pointez, vous filez au vestiaire récupérer un peu de monnaie pour vous payer votre café/sandwich/barre chocolatée : deux minutes (les couloirs sont grands et il y a des étages à monter).

Vous passez aux toilettes et vous vous lavez les mains : trois minutes.

Vous vous dirigez en salle de pause : une minute.

Déjà six minutes de passées, il en reste douze.

Pour gagner du temps, vous avez pris l'habitude de manger en décalé à votre coupure ou de manger froid pour éviter d'attendre que le four à micro-ondes soit libre (vous gagnez entre deux et cinq minutes), comme cela il vous reste dix bonnes minutes pour profiter de votre temps de pause.

Une fois installée, vous feuilletez un vieux magazine qui traîne sur la table depuis des semaines. Vous commencez à connaître les articles par cœur.

Une collègue arrive.

La discussion s'engage, on parle des horaires de travail, des pauses toujours trop courtes, des derniers clients : « Tu te rends compte ? Il a changé l'étiquette de la cafetière chromée, mais il est un peu bête, on n'en vend pas à 3 euros, sinon, ça se saurait ! » On parle aussi de la famille, des vacances à venir (« Est-ce que le chef va m'accorder ma semaine de vacances ? »), des prochaines sorties prévues et du manque de temps pour voir les enfants...

Un œil toujours sur la montre, on rit. Une autre collègue arrive et déjà les dix-huit minutes de pause sont presque terminées. Le café est vite avalé (ça brûle ? Tant pis ! Plus le temps...), la dernière bouchée du sandwich enfournée et il faut vite aller pointer pour ne pas dépasser son temps de pause (sous peine d'avoir le droit à une remarque du chef). Il reste une minute (à peine le temps de redescendre les escaliers) avant la fin de la pause.

On laisse les collègues et on file. L'estomac un peu lourd, on pointe et on retourne à sa caisse et déjà les clients vous suivent, prêts à prendre d'assaut votre caisse qui va ouvrir.

Trois minutes par heure travaillée, un bon moyen d'apprendre à gérer son temps et à optimiser ses minutes !

Caissière, un métier d'extrême organisation !

Vous avez moins de 10 articles ?

Vous sautez de joie. Vous êtes affectée à la caisse *moins de 10 articles*. Une journée tranquille en perspective. Si j'étais vous, j'attendrais avant de m'exciter... 10 = 10 ? Pas à votre caisse.

Bon courage !

10 = 20

Caissière
Bonjour, vous avez moins de 10 articles ?

Client
Évidemment !

Nombre d'articles posés sur le tapis = 20.

Caissière
Merci de vous diriger vers une autre caisse.

Client
Feignante !

10 = 11

Caissière
Bonjour, vous avez moins de 10 articles ?

Client
Euh... 1, 2, 3... 11, ça ira ?

Caissière
11, c'est pas 10.

Client
Vous allez pas faire d'histoire pour un article en plus.

Caissière
10, c'est 10. Mais si vous voulez, payez en deux fois ou enlevez un article.

Client
Quel rat !

10 = personne

Caissière
Bonjour, vous avez moins de 10 articles ?

Client
Bah, vous avez personne, vous pouvez bien prendre mon chariot !

Caissière
Désolée, cette caisse est réservée aux clients avec moins de 10 articles.

Client
Fonctionnaire !

10 = 5 × 10

Caissière
Bonjour, vous avez moins de 10 articles ?

Client
J'ai une quarantaine d'articles mais je vais payer en cinq fois.

Caissière
Très astucieux. Je n'y aurais jamais pensé.

10 = 10 × 10

Caissière
Bonjour, vous avez moins de 10 articles ?

Client
Non, 100, mais je n'ai que 10 articles en 10 exemplaires.

Caissière
Alors, c'est bon.

Eh oui, un article en 10 exemplaires ne compte que pour 1.

10 = Fais pas chier !

Caissière
Bonjour, vous avez moins de 10 articles ?

Client
Je m'en fiche. Je bosse chez Prisunic et les caissières me laissent tout le temps passer.

Caissière
Oui, mais ici, vous n'êtes pas chez Prisunic, vous êtes chez Stoc !

Client
Fais pas chier !

Être prise pour une idiote, insultée, devoir sans cesse argumenter, polémiquer, ne jamais céder, être intransigeante... Alors la caisse *moins de 10 articles*, ça vous tente toujours ? Vous ne m'aviez pas dit que vous aviez un début d'ulcère ? Excellent poste si vous voulez le bichonner.

Prioritaire, vous avez dit prioritaire ?

Le soleil brille tous les jours. Les petits lapins gambadent joyeusement dans les prairies. La paix règne sur le monde. Et les hommes vivent dans une parfaite harmonie où le respect de tous est la priorité de chacun.

Une utopie ? Les lapins ne gambadent pas joyeusement ? Ne sourient pas ? Ben, zut alors, c'est trop injuste…

Vous êtes à une caisse prioritaire. En priorité, vous devrez faire passer les personnes en fauteuil roulant, les personnes diminuées physiquement, les femmes enceintes et les personnes avec enfants en bas âge. Ce petit rappel est indispensable car préparez-vous à voir surgir plein d'autres clients « prioritaires », avec tous une très bonne raison de l'être. Jamais cet adjectif n'aura autant servi.

Prioritaire :

Le client qui a une terrible envie de faire pipi.
Le client qui est debout depuis 5 heures du matin.
La cliente qui est enceinte de trois semaines.
Le couple qui a son émission de télé préférée dans cinq minutes.
La maman qui a trois enfants de plus de huit ans.
Le client qui a la grippe.
La cliente qui a un dîner pour huit personnes à préparer.
Le papa qui doit aller chercher son petit garçon à la crèche.
La jeune fille qui est en retard à ses cours.
Le client qui ne supporte pas les queues (si, si)...

Et si une personne réellement prioritaire attend, vous devrez parfois les convaincre de bien vouloir céder leur place. Et quand ils acceptent, certains le feront en soupirant.

Plus rare et à l'opposé, mais tout aussi étonnant : un homme très âgé, qui vous tendra sa carte d'invalidité pour prouver qu'il ne fraude pas.

Si seulement tout le monde était comme lui... vous vous ennuieriez.

Attendez-vous aussi à vous retrouver devant cette situation cornélienne : deux personnes âgées, toutes les deux dans un mauvais état, arrivent en même temps à votre caisse. Qui passera en premier ?

Comment les départager ? Au nombre de rhumatismes ? Un conseil : laissez-les se débrouiller. Le plus hargneux l'emportera. Vous serez plus gentille avec le second.

Ne vous laissez pas impressionner. Envoyez les faux « prioritaires » aux autres caisses. Elles sont faites pour eux.

Et non, les lapins ne sourient pas. Je vous assure.

Contrôle d'identité, papiers s'il vous plaît

Vous pensez que « *Pour tout achat par chèque, veuillez présenter une pièce d'identité* » est une formalité à laquelle tout le monde se soumet naturellement. Quelle naïveté !... Vous découvrirez que pour certains, « *présenter une pièce d'identité* » pose problème. Cela touche à leur « *identité* ».

Il est vrai qu'une pièce d'identité va vous fournir des informations intimes sur votre client. Et il ne souhaite peut-être pas que vous sachiez son âge (il fait beaucoup plus jeune dans la vie), son adresse (il est paranoïaque), son lieu de naissance (il a honte d'être né à Méfaisses), son nom de jeune fille (elle a honte du nom de son père, Petitpois), ou il a peut-être peur que vous ne découvriez sa photo d'identité (à l'époque, il avait beaucoup d'acné). Donc ne soyez pas surprise si vous entendez ce genre de réflexions :

– Vous êtes des RG ?
(... non, de la CIA.)

– Il est à moi le chéquier, je l'ai pas volé.
(... et vous voulez que je vous croie sur parole ?)

– Sûrement pas !
(... et le client part sans ses achats.)

– Ah bon ? D'habitude, on ne me le demande jamais.
(... c'est ça, prends-moi pour une idiote.)

– Pas besoin, je connais très bien votre patron !
(... et ma sœur, c'est les Beatles !)

– J'ai de l'argent sur mon compte !
(... c'est vous qui le dites.)

Pour certains, ce sera même un crime de lèse-majesté. Ils se mettront violemment en colère lorsque vous leur demanderez une carte d'identité et vous insulteront si vous refusez leur chèque. Et préparez-vous à reculer rapidement, ils pourraient vous envoyer leurs courses à la figure (carton de chaîne hi-fi compris). Des êtres au-dessus des lois, sans doute. Ou des hors-la-loi, peut-être. Des malades, c'est sûr (qui n'ont qu'à payer en carte bleue qui, elle, ne fournira aucune donnée à la caissière mais toutes les infos du compte à votre patron).

D'autres vous donneront leur chèque avec une carte d'identité qui appartient à leur copine ou à leur grand-mère. Très ressemblante la photo ! Eh oui, ceux-là ont tout compris.

– Ben c'est pareil ! Et puis, ma copine était là y a deux minutes.

– Vous ne pouvez pas lui demander de repasser ? (C'est bête... vous ne l'avez pas vue, sa copine.)

– Elle est partie. (S'excite tout seul.) Oh et puis merde !

Et le client vous laisse le contenu de ses achats, reprend son chèque et file.

Dans tous les cas, ne cédez jamais (même s'il vous a tapé dans l'œil). « Toute personne qui remet un chèque en paiement doit justifier de son identité au moyen d'un document officiel portant sa photographie » (art. L. 131-15). Au moindre problème, votre direction ne se gênera pas pour vous dire que « vous avez manqué à vos devoirs de caissière » et vous le fera payer. Soyez une caissière incorruptible ! (Mais n'hésitez pas à vous marrer intérieurement en découvrant la tête que M. Petitgérard avait à vingt ans sur son permis de conduire ou que M. Riton était chauve il y a deux ans sur la photo de sa carte d'identité et qu'aujourd'hui, ce n'est visiblement plus le cas...)

Atchoum !

Note de service
(Pour faire suite à diverses plaintes de clients)

Vous êtes enrhumée, caissière ? Vous êtes priée de rester chez vous. Votre médecin ne veut pas vous faire d'arrêt maladie parce que votre rhume est bénin ? Peu importe, restez chez vous, sale pestiférée ! Pourquoi ? Mais parce que vous touchez les articles du client avec vos mains pleines de germes et que vous risquez à tout instant d'éternuer et de vous « moucher dans son pain » !

Vous êtes enrhumée parce que les clients n'ont pas arrêté de vous éternuer et tousser dessus ? Et alors ? Le client est roi. C'est son droit de vous donner ses microbes et de ne pas avoir envie de récupérer les vôtres.

Bonnes vacances.

Votre direction bien-aimée

19,99 euros, merci

Biiip.

Caissière
9,99 euros, s'il vous plaît.

Le client vous tend un billet de 10 euros. Vous lui rendez 1 centime d'euro et bénissez les inventeurs de ces prix si malins.

9,99 euros au lieu de 10 euros.

19,99 euros au lieu de 20 euros.

99,99 euros au lieu de 100 euros...

« Quelle bonne affaire ! N'hésitons pas une seconde, achetons ! Que la vie n'est pas chère ! », se disent tous les jours les consommateurs.

Remerciez, vous aussi, ces inventeurs (et aussi un peu l'euro) pour les grands moments qu'ils vont vous faire vivre.

– Au lieu de passer dix minutes pour compter votre caisse le soir, vous en passerez quinze grâce à toutes les pièces de 1 mais aussi de 2 et de 5 centimes que vous aurez récupérées dans la journée. Et vos doigts seront à la fin recouverts d'une légère couche de cuivre mélangée à… de la crasse.

– Plus de cinquante fois par jour, vous serez obligé(e) de répondre aux questions et réflexions suivantes :

Client
19,99 euros ? Vous pouvez pas dire 20 ?

Caissière
Ben, non. Mon métier est justement de vous donner le montant exact à payer.

Client
Vous pouvez pas faire des prix ronds ?

Caissière
Ce n'est pas moi la responsable, allez voir ma direction.

Client
Gardez la monnaie !

Caissière
1 centime, c'est gentil ! Mais nous n'avons pas le droit d'accepter de pourboire, aussi petit et généreux soit-il.

Client
J'en ai marre de toutes ces petites pièces dans mon porte-monnaie.

Caissière
Mettez-les de côté pour Bernadette Chirac (et ses pièces jaunes, si le client ne percute pas).

Client
Il me manque 1 centime, vous pouvez m'en faire cadeau ?

Caissière
Désolée, j'aimerais bien, mais ce n'est pas possible.

... et oui, c'est le paradoxe.

Sans compter que « *DixNeufEurosQuatreVingt-DixNeufS'ilVousPlaît* » se prononce beaucoup moins vite que « *VingtEurosS'ilVousPlaît* ». À la fin d'une journée, ce temps perdu doit représenter environ deux ou trois clients en moins par caissière. Si j'étais directeur de grande surface, je m'en inquiéterais.

Flash Info (rumeurs et autres cancans).

Aux dernières nouvelles, la Banque de France serait en rupture de stock de petites pièces. Trop de Français (et d'Européens) les garderaient chez eux dans des bocaux ou des tirelires (chouette déco...). Il serait question de les supprimer. Réjouissez-vous, chers clients, les prix devraient s'« arrondir » un jour.

Mes caisses, mes amours...

Vous vous la coulez douce derrière votre caisse ? Vous ne faites plus qu'une avec elle, vos gestes sont devenus automatiques, vous n'avez plus à réfléchir à quoi que ce soit, vous n'espérez ni ne craignez plus rien ? Attention ! un terrible danger vous guette : votre direction choisira ce moment pour vous envoyer derrière la caisse de la station-service en remplacement. Et alors là, bonjour la panique ! Vous serez complètement perdue.

Pour que le choc ne soit pas trop violent, pour vous y préparer psychologiquement, voici les principales épreuves qui vous attendent.

Vous devrez affronter une caisse différente de la vôtre, des clients qui veulent acheter des bouteilles de gaz, qui viennent se plaindre parce que les pompes à essence ne fonctionnent pas, qui klaxonnent comme des malades parce que vous êtes trop lente, qui vous intoxiquent avec leur pot d'échappement... Surtout, abstenez-vous de faire du zèle de politesse, ils détestent ça.

Client 1 – Caissière 0.

Vous tremblez ? Ce n'est pas fini. Vous assisterez à des grands moments style film catastrophe :

« Tout était calme ce jour-là mais l'arrivée en trombe d'un jeune homme va tout faire basculer. Il court à toute vitesse dans la station, s'arrête au niveau des pompes et prend un extincteur.

– Hé mais il est en train de le voler ! ! !

Incrédule, je me lève d'un bond. Il m'aperçoit.

Stoppé dans son élan, il me montre du doigt une direction. Je regarde ce qu'il vise et j'aperçois avec horreur, juste à côté des bouteilles de gaz (une place de parking idéale) une voiture garée, le capot ouvert et des flammes s'échappant du moteur.

Panique à bord ! La seule chose à laquelle je pense sur le moment : appeler la sécurité. Le temps qu'ils arrivent, l'automobiliste avait circonscrit le début d'incendie.

Et pendant ce temps-là, les clients continuent à remplir leurs réservoirs d'essence... »

Client 2 – Caissière 0.

Rassurez-vous, vous assisterez aussi à du grand spectacle (vols, braquages...), à des scènes violentes (comme deux automobilistes qui s'empoignent parce que ni l'un ni l'autre ne veut céder la priorité).

Client 3 – Caissière 0.

Un seul mot d'ordre lorsque ce genre de scènes arrivent : ne pas céder à la panique et appeler au plus vite la sécurité (et si vous comptez les points, faites-le discrètement).

Et priez pour ne pas être envoyé(e) en remplacement une veille de départ de vacances ou de longs week-ends. Vous risquez de ne pas vous en remettre. Entre les pompes, les bruits de moteurs, les gamins qui hurlent dans les voitures, les insultes des clients pressés d'avaler cinq cents kilomètres de route, le combat s'avérera particulièrement difficile et inégal.

Client 4 – Caissière 0.

Eh oui, la vie de caissière est pleine d'imprévus et de dangers. Alors un conseil : ne vous endormez pas sur vos lauriers. Vigilance est le maître mot.

Par contre, un avantage en nature vous attend à la station-service. Vous aurez vos toilettes personnelles (avec porte) à seulement un mètre cinquante de votre caisse (chasse d'eau qui fuit et odeurs incluses). Elle est pas belle la vie ?

Client 4 – Caissière 1.

Cependant, réjouissez-vous : si vous survivez à cette expérience, vous aurez plein d'histoires à raconter à vos amis et surtout, une fois de retour derrière votre caisse en magasin, vous aurez l'impression d'être au paradis. Les insultes, les bagarres, les klaxons et les braquages ne seront plus que de lointains souvenirs.

NB : je vous déconseille de lire les lignes suivantes, surtout si ces derniers temps vos nerfs sont fragiles. Mais mon sens de la déontologie m'oblige à les écrire. Je me sentirais profondément malhonnête de garder le silence sur... les autres surprises (dés)agréables qui vous attendent.

En vous engageant comme caissière, sachez que vous risquez de vous retrouver :

Hôtesse d'accueil : à l'accueil du magasin, donc. Ce n'est pas aussi compliqué que vous l'imaginez. Vous n'aurez qu'à trouver quelques bons arguments pour clouer le bec aux clients qui viennent se plaindre d'une de vos collègues qui n'a pas voulu leur donner de sac, de la musique qui est trop forte, des prix trop chers, du rayon charcuterie trop mal indiqué et achalandé (il n'y a pas de tripes à la mode luxembourgeoise), du trop grand nombre de clients... Rien de compliqué, vous voyez. Bien sûr, il vous faudra aussi maîtriser toutes les subtilités du remboursement, de l'échange, de la création de la carte fidélité. Un vrai jeu d'enfants... au bout de plusieurs semaines d'efforts et d'un sourire à toute épreuve... si tout va bien.

Hôtesse crédit : au stand crédit... Je ne trouve pas le courage de vous décrire ce qui vous attend si jamais... Comment réussir à endetter vos clients, voilà votre mission en un mot. Mais si jamais vous parvenez à la mener à bien, une fierté immense vous habitera jusqu'à la fin de vos jours. Vous aurez un peu l'impression d'être devenue banquière.

Hôtesse en caisse centrale : à la caisse centrale. Le grand privilège de ce poste : vous ne serez pratiquement pas en contact avec la clientèle et vous travaillerez derrière une glace sans tain. Vous pourrez voir tout le monde, mais personne ne vous verra. Quel bonheur, non ? Les inconvénients : répondre au téléphone, être capable de compter l'argent du coffre et d'utiliser un ordinateur pour trouver les codes-barres d'articles quand les caissières ne les ont pas, préparer les plannings, savoir répondre à n'importe quelle question en trois secondes. Pas donné à tout le monde, je sais. Surtout si l'ordinateur bugue... mais ça n'arrive jamais, enfin presque jamais...

Hôtesse culturelle et/ou multimédia : à l'espace culturel et/ou multimédia. Bonne nouvelle : il n'en existe pas dans toutes les grandes surfaces. Seconde bonne nouvelle : s'il y en a, les clients sont très sympas (ils vous disent presque tous bonjour, sourient) et parfois... vous demandent des conseils. Pas de quoi paniquer. Il s'agira juste de leur dire si le dernier Mylène Farmer est mieux que le dernier Johnny Hallyday, le dernier Bruce Willis mieux que le dernier Harry Potter, le dernier Harry Potter mieux que le dernier Goncourt. D'accord, donner son avis est exactement le contraire de ce qu'on demande à une caissière et il vous faudra trouver du courage, du temps et mobiliser quelques neurones pour écouter, voir, lire une ou deux nouveautés vendues dans l'espace (point trop de zèle tout de même). Mais si vous y arrivez, là aussi, l'euphorie illuminera votre vie et vous regretterez peut-être un peu moins souvent votre caisse.

Voilà le tour à peu près exhaustif des dangers qui vous guettent. Gardez votre sang-froid. Et rassurez-vous, j'aurais dû commencer par là mon inventaire. Pardonnez-moi (où avais-je la tête ?)... ces postes sont occupés uniquement par les caissières qui en font la demande au bon moment et qui sont super motivées. La direction ne prend que les meilleures (celles qui ont des diplômes et qui sont régulièrement classées numéro un au tableau... ou pas. Tout dépendra du bon vouloir du responsable).

Cependant, une autre catégorie de promotion existe (généralement éphémère). Avec un peu de chance et de vraies compétences (que votre magasin se fera un plaisir d'utiliser quand il en aura besoin), vous pourrez réellement changer de poste : passer en rayon ou dans les bureaux de la grande surface le temps de remplacer un employé parti pour quelques semaines ou quelques mois (accident, congé maternité, maladie longue durée...). Joie intense de votre part, enfin vous allez quitter la caisse pour faire quelque chose qui vous plaît. Mais ne vous endormez pas sur vos lauriers, lorsque la personne que vous remplacez revient, aucune chance de garder ce poste qui vous plaisait tant...

Il ne s'agit que de remplacements dont la durée n'excède pas quelques mois. Pour vous rassurer définitivement, moins de cinq pour cent d'entre eux aboutissent à un poste permanent (eh oui, réjouissez-vous, l'évolution d'une caissière dans l'entreprise est proche de zéro – ouf ! manquerait plus qu'on vous donne des responsabilités). Et vous n'aurez, en plus, aucune raison d'être jalouse : ces caissières ne seront pas payées plus cher que vous et ne changeront pas de statut. « Hôtesse de caisse » continuera à figurer sur leur feuille de paie. Et si elles vous ont regardé un peu de haut durant leur remplacement, une fois de retour derrière leur caisse, elles redeviendront les caissières qu'elles ont toujours été.

Vous pouvez respirer. Finalement, il y a eu plus de peur que de mal. Et la station-service ? Désolée, cette menace, elle, est bien réelle même si vous n'en faites jamais la demande. Alors restez vigilante !

Au fait, vous ai-je parlé des caisses automatiques (plus rentables que la caissière même la moins bien payée) qui risquent un jour de vous remplacer ? On en reparlera quand ça ira mieux.

Game over

Vous travaillez depuis plusieurs heures non stop ? Vous sentez la fatigue vous envahir ? Attention ! Vous allez bientôt vivre le « Petit Coup de biiip », un grand moment dans votre journée.

Laissez-vous aller et plongez donc dans cette minute hors réalité.

Il y a foule dans le magasin. Les chariots se croisent, toujours plus nombreux, les roues crissent et couinent. Autour, c'est un va-et-vient incessant de clients pressés. Les haut-parleurs crachotent les dernières promotions et le fond musical devient obsédant.

Le brouhaha ambiant est de plus en plus intense. Le seuil maximum est presque atteint. Il n'y manque plus qu'une dernière touche et la frontière sera franchie. C'est le braillement d'un gamin qui ouvrira le passage vers cette autre dimension.

À partir de maintenant et pour les soixante prochaines secondes, tout bascule.

Le brouhaha, les conversations, la musique... tout s'arrête.

Les clients, les collègues, le supermarché en entier disparaissent eux aussi.

Il ne reste plus que les bips de la caisse qui répondent à ceux de la caisse voisine. Et tout à coup l'impression qu'un match s'engage comme si une balle de tennis virtuelle allait de vous à votre collègue. Vous jouez à Pong !

Puis, après cette partie endiablée, c'est Arkanoïd, le fameux casse-briques, qui enchaîne. Vos mains font alors office de raquette et les articles sont autant de balles qu'il faudra prendre soin de renvoyer de l'autre côté de la caisse sans les faire tomber ou, pire, rebondir contre d'autres produits. Si cela arrive, il risque de surgir une balle ennemie (si même les clients se mettent à jouer !) aussi fulgurante qu'efficace... Mais en général, ça va. Les niveaux sont plutôt faciles ! La seule vraie difficulté, c'est quand les courses font un mur de briques en trois dimensions.

Puis vient le boss final (le gros monstre de fin de niveau) qui apparaît irrémédiablement au moment du paiement. Et là, il faudra savoir être rapide. Pour le vaincre, il ne faudra pas oublier de tirer à coup de carte de fidélité, de mode de paiement adapté au type de boss et de l'achever avec un « *AuRevoirMerciBonneJournée* » accompagné d'un sourire étincelant.

Méfiance toutefois, car certains boss ont des armes secrètes comme les « *CartesMuettes* » ou « *Chèques-Illisibles* ».

Soixante secondes et le son ouaté laisse de nouveau sa place au brouhaha habituel.

Vous venez de vivre ce que j'ai baptisé le « Petit Coup de biiip » de la caissière. Il surgit généralement une fois que vous avez dépassé votre six millième biiip de la journée. Parfois aussi, vous deviendrez un Pacman (le mangeur de pac-gommes chasseur de fantômes). Généralement, après votre trois millième article « avalé ».

Code-barres, vous avez dit code-barres ?

Qui a dit que votre métier de caissière était monotone ? Ce serait oublier trop vite les clients. Grâce à eux, les jours se suivront mais ne se ressembleront pas. Ils ne cesseront jamais de vous surprendre.

Comme celui-ci, par exemple, qui se présente à ma caisse, sans un article, juste avec une liste dans les mains. Il me la tend et je découvre qu'il y a noté scrupuleusement les treize chiffres des codes-barres de tous les articles qu'il souhaitait acheter (une bonne vingtaine). Voilà, me suis-je dit, un client en avance sur son époque. Espérait-il que le temps de faire scanner ses codes-barres, un employé l'attendrait devant sa voiture avec sa commande prête ? Ou voulait-il se faire livrer à domicile ? Ou avait-il généralisé le principe des « articles encombrants remis à l'accueil » à tous les articles du magasin par souci pratique ? Je n'ai jamais su. Lorsqu'il a essuyé mon refus de l'encaisser, il m'a répondu, énervé :

– Je fais toujours comme ça, d'habitude !

Ah bon ? Désolée de ne pas travailler dans un cyber-supermarché. Vous me donnerez les adresses. Je postulerai (ben tiens ! c'est moins lourd de porter une feuille de papier que de soulever le pack de bière modèle familial).

Et pour ne pas mourir en caissière idiote, voilà la signification des chiffres sous les bandes noires du code-barres. Le standard est de treize chiffres (pour des objets de petite taille, on ne compte que huit chiffres). Les deux ou trois premiers chiffres indiquent le pays du siège social de l'entreprise (de 300 à 379 pour la France). Les suivants donnent la famille, la marque du produit ou toute autre information nécessaire pour codifier l'article. Le code-barres est unique pour chaque type de produit. Dorénavant, jamais plus vous ne scannerez un code-barres comme avant, n'est-ce pas ! ?

Bizarre, c'est tout collant

Peut-être aurez-vous la chance de faire un jour la connaissance avec celui-ci…

En apparence très sympathique. Il m'a dit bonjour et m'a même souri. Et il a posé proprement ses courses sur le tapis.

10 sur 10 !

Je scanne ses yaourts, sa bouteille de vin, son jambon, son fromage, son paquet de chips… et je sens quelque chose de collant.

« Bizarre, pas de pot de confiture ou de miel à l'horizon », me dis-je en passant.

Une fois le sachet posé, curieuse, je jette un coup d'œil sur mes doigts. J'aperçois un petit bout d'une matière indéfinissable. Je l'approche de mes yeux tout en le malaxant. Je n'arrive toujours pas à identifier ce que c'est. Je l'étire, c'est élastique et ça reste collé à mon doigt.

D'un seul coup, je comprends : une crotte de nez ! Oui, vraiment très sympathique, le client, de donner à la caissière autant de sa personne. Un paquet de mouchoirs avec vos chips ?

J'ai eu beaucoup de mal à m'en débarrasser. C'était très collant.

Les clients saouls

Le client bourré ne manquera pas de vous étonner, jamais à court d'idées ou d'arguments incroyables, il saura vous captiver.

Que ce soit celui qui vous demande si vous n'avez pas un tire-bouchon pour lui ouvrir la bouteille de vin qu'il vient d'acheter.

Celui qui tombe raide dingue amoureux de la première cliente croisée au détour du rayon et qui la poursuit de ses assiduités dans tout le magasin, sa canette de bière à la main.

Celui qui se prend pour le Père Noël et qui distribue généreusement aux clients les produits du magasin.

Celui qui vide à jeun une bouteille de pastis sur place (sans eau, le rayon liquides non alcoolisés est trop loin...).

Celui qui a le coup de foudre pour vous au rayon bière (quelle idée aussi de rapporter la bouteille de chimay qu'un client vous a laissée à votre caisse un quart d'heure plus tôt) et qui vous fait une déclaration enflammée entrecoupée de hoquets laissant échapper une haleine à couper au couteau.

Ou encore celui qui est tellement bourré que vous vous demandez comment il a pu trouver le chemin du supermarché et du rayon alcool (un sixième sens, certainement). Mais c'est dur de marcher et de devoir éviter tout ce qui peut arriver subitement devant : un caddie-Ferrari, un pack d'eau (quelle horreur !) posé à terre, une pile de papier-toilette (bon sang, pourquoi en avoir fait une tour de Pise ? À peine effleurée – comprenez tombé dessus – tout s'écrase sur le sol)...

Dur dur d'avoir soif.

Ça va saigner !

Vous pensiez que, malgré les insultes et la transparence que vous apporte votre travail, vous vous trouviez dans un lieu civilisé ? Détrompez-vous... Quand je vous dis que travailler dans une grande surface vous fait découvrir l'ensemble de la société, c'est aussi avec tous ses travers !

Des cris.

Course-poursuite de quelques mètres dans la galerie marchande.

Un vigile et un homme échangent des coups.

Les premiers badauds s'arrêtent. Et contemplent.

L'homme se calme. L'agent de sécurité lui tient fermement un bras.

Ils font quelques pas.

De nouveaux, les poings parlent.

Le public, de plus en plus dense, encercle cette scène inopinée.

La bagarre est plus violente. Les coups plus forts.

Les gens, installés en rond, assistent au combat de rue dans la galerie.

Se mêlent hommes, femmes, enfants, sacs et caddies.

Trois agents de sécurité finissent par venir à bout du forcené.

Curiosité. Voyeurisme.

Plus c'est sanglant et obscène, plus les gens admirent.

Quelle chance ! Du sang a giclé du nez d'un des vigiles.

Voilà qui fera fureur quand on racontera ça au prochain repas familial.

Tout le groupe se déplace dans la galerie. Les agents tentent d'emmener l'homme vers un lieu plus calme. Ils parviennent à faire quelques pas et ils se déchaînent de nouveau.

Qui est coupable ? Qui est victime ?

Quatre hommes se sont battus violemment. Au moins une trentaine de voyeurs mais pas un pour réagir. Autant d'employés restés bouche bée devant ce spectacle.

Comme pour les accidents sur la voie publique. Tout le monde pour regarder, personne (ou si peu) pour agir.

La rixe se termine avec l'arrivée de la police qui emmène le client indélicat.

Une fois le spectacle achevé, les derniers curieux repartis faire leurs courses, de belles images en tête, il ne reste plus que l'agent d'entretien qui efface les traces de sang. Derniers vestiges de cette lutte sur un ring improvisé.

Un moment d'absurdité est passé.

Un moment où l'homme a seulement laissé parler son instinct.

Et vous, vous êtes restée derrière votre caisse, interdite.

J'accuse

En vous engageant comme caissière, à part votre merveilleux métier, vous étiez sûre de ne rien apprendre d'autre. Pessimiste ! Vous êtes à l'un des postes les plus enviables pour profiter de toute l'étendue de la bêtise humaine. Et vous serez ravie de constater qu'elle est sans limites. Voilà de quoi vous mettre l'eau à la bouche.

Un samedi, 20 h 30 environ. Vous avez encaissé les articles de trois cent cinquante, quatre cents clients (bonne journée). Ils ont été pour la plupart corrects et certains même très sympathiques (ils vous ont salué alors qu'ils étaient au téléphone). Vos oreilles commencent à réentendre normalement. L'animateur grande surface « spécial jour de la Bière » s'est tu depuis quelques minutes. Votre tapis de caisse est comme neuf. Vous l'avez frotté avec amour. Votre poubelle est bien fermée. Plus un seul papier, plus une seule chips ne traîne. Le magasin est presque vide. Il ne vous reste plus qu'à rapporter pleine de fierté votre caisson en caisse centrale. Pour un samedi, vous vous dites que ça aurait pu être pire. Et pour fêter ça, vous vous mettez à siffloter votre chanson préférée (à moins que ce soit celle qui est passée vingt fois aujourd'hui dans les haut-parleurs), quand deux types débarquent à votre caisse avec trois bouteilles de bière sous le bras :

Caissière (aimable)
C'est fermé, messieurs. Vous devrez passer à une caisse à côté. Vous en avez justement une de libre là (elle montre du doigt une caisse ouverte à quelques mètres).

Type 1 (pas le genre aimable)
Allez, vous allez nous prendre. On n'a que trois bouteilles ! C'est la fête de la Bière, merde !

Caissière (ferme mais qui se dit qu'elle aurait dû être moins zélée dans le nettoyage de sa caisse)
Désolée, c'est fermé.

Type 1
Je vais te filer 1 euro. Tu vas prendre mes bouteilles !

Caissière (toujours ferme mais qui se dit qu'elle aimerait bien qu'un agent de sécurité pointe son nez)

Non merci, c'est fermé.

Type 2 (très aimable)

Allez quoi ! Les caissières, c'est comme les putes ! Quand tu leur offres un pourboire, elles disent toujours oui ! Prends nos bouteilles, sale pute !

Et alors, à cet instant, la caissière se dit qu'elle aimerait bien ressembler à Schwarzenegger pour fracasser (à répétition !) les têtes de ces deux abrutis contre sa caisse toute propre en leur souhaitant une « bonne fête de la Bière, connards ! ». On peut toujours rêver.

Et comme la connerie reste la chose la mieux partagée sur terre, un conseil pour garder le moral : achetez-vous un punching-ball.

Vous pouvez aller à côté ?

Comment rendre chèvre un client en toute légalité ?

Cela demande une configuration un peu particulière : vous, qui êtes sur le point d'ouvrir mais qui êtes allée chercher une chaise libre (eh oui, encore une fois) ; votre collègue, deux caisses plus loin, qui est en train de s'installer (mais qui a sa chaise, elle) ; et entre vous deux, une caisse vide et fermée (sans chaise).

Le client (de préférence de mauvaise humeur) arrive à la caisse de votre collègue. Celle-ci, qui est loin d'être prête (feignante !) vous l'envoie. Premier soupir. Il ne vous voit pas (vous êtes toujours à la recherche de votre chaise) et croit que vous occupez la caisse juste à côté de celle de votre collègue. Il se met à vous attendre. Deuxième soupir. Vous revenez avec votre chaise (pas trop tôt !) mais vous lui passez dans le dos et il ne vous voit toujours pas.

Deux clients, qui vous ont suivi à la trace, vous sautent dessus. Au même moment, votre collègue avertit le client (oui, celui qui attend) que vous êtes derrière. Troisième soupir et il lance : « Elle aurait pu me le dire qu'elle n'était pas là ! » Et quatrième soupir. Il se dirige vers votre caisse où un troisième client vient d'arriver. Cinquième soupir. Vous avez commencé à scanner les articles de votre premier client. Sixième, septième, huitième... soupirs.

Votre collègue vous fait signe qu'elle est ouverte (pardon, sa caisse). Vous annoncez alors : « Ma collègue vient d'ouvrir. Vous pouvez aller à sa caisse. »

Quinzième soupir et borborygme désobligeant du client qui abandonne son panier et qui s'en va dépité. Pauvre chéri. Que les caissières peuvent être désorganisées !

On rejouera demain, promis.

Passera ? Passera pas ?
Les six étapes
de la création de prix

Vous êtes en période d'essai. Vous voulez à tout prix être engagée. Aussi, en vous levant ce samedi matin, avez-vous décidé que vous seriez la caissière la plus performante du jour. Ce soir, votre numéro (oui, pas votre nom ! Faut pas pousser quand même) trônera sur le tableau de classement de la caisse centrale. Beau défi ! (Je vous rappelle tout de même que pour vous encourager, la direction ne vous versera pas un centime de plus pour cette victoire.)

Vous avez commencé depuis une heure et votre cadence est très bonne. Vous décidez d'accélérer encore un peu, quand soudain : biiip ! ! !

Et sur l'écran de votre caisse « *produit inexistant* » apparaît. Eh oui, vous avez bien compris : l'article que vous tenez entre vos mains ne passe pas. Et tant que vous ne connaîtrez pas son prix, vous serez bloquée.

Pas de panique.

Étape 1 : tapez les chiffres de son code-barres. Toujours rien ? Normal, vous n'aviez que un pour cent de chance que ça marche (mais ça valait quand même le coup de tenter).

Respirez.

Étape 2 : appelez la caisse centrale. Occupée ? C'est vraiment pas de chance. Patientez et souriez à votre client qui commence à s'impatienter.

... Enfin, quelqu'un au bout du fil !

Caissière

Le prix du papier-toilette extra-moelleux Trèfle à 4 feuilles, le code ne passe p...

Caisse centrale (coupe la parole)

On vous envoie quelqu'un.

Patientez encore (je sais, c'est pas marrant), dites à votre client (qui a commencé à rougir) que c'est une question de secondes et à ceux qui sont derrière de se diriger vers les autres caisses (sinon je vous préviens, ça va soupirer et vociférer dans moins de trente secondes).

Et passez à l'étape 3... cinq bonnes minutes plus tard : le préposé à la chasse aux prix est arrivé (pas trop tôt mais dur de lui en vouloir quand on sait qu'il est seul pour les trente caisses). Vous lui jetez aussitôt dans les bras le paquet de papier-toilette. Le préposé (un nouvel employé) demande dans quel rayon chercher. C'est pas gagné ! Vous avez envie d'envoyer votre client l'aider, mais vous y renoncez. Il est rouge cramoisi.

Passez sans plus attendre à l'étape 4 : racontez quelques bonnes blagues à votre client pour le détendre et le retenir (il pourrait avoir envie de vous planter là avec toutes ses courses). N'hésitez pas à sortir l'artillerie lourde : « J'ai un minibar sous ma caisse, je vous offre un verre ? »

Il sourit. Ça marche.

Le préposé est déjà revenu avec le prix et votre client a bien vu le même. Incroyable ! (Dans votre malheur, vous avez de la chance.)

Vite, étape 5 : rappelez la caisse centrale pour faire enregistrer l'article, son code-barres et son prix sur l'ordinateur central. Il a bugué ! Ne craquez pas maintenant, plus que « quelques » secondes de patience. Et souriez, c'est pas la faute de votre client.

Étape 6 et... neuf minutes plus tard : bip ! Ça y est, le papier-toilette super moelleux est passé.

Vous avez perdu quinze minutes et neuf clients ? Votre place de numéro un est sérieusement compromise. Ce n'est pas grave, vous gagnerez samedi prochain. Ou alors rattrapez-vous sur votre temps de pause.

Oh, une cliente « Bonnes Affaires » qui arrive à votre caisse. Ce n'est décidément pas votre jour de chance aujourd'hui.

Allons consommateurs, le jour des soldes est arrivé

Le premier jour des soldes : un événement crucial dans la vie du consommateur averti, qu'il ne manquerait pour rien au monde. Et pour la caissière (même blasée), une nouvelle occasion de se réjouir d'être à son poste et pas en vacances sur une île déserte.

8 h 25 : les couples « Ouverture », les excités du matin, les clientes « Bonnes Affaires » et les « Tous-LesAutres » se comptent par dizaines. Jamais vous n'aurez autant l'impression que la guerre vient d'être déclarée ou, si vous regardez trop de films d'horreur, que les zombies attaquent.

Aujourd'hui, il n'y en aura pas pour tout le monde. Alors pas de pitié ! Aucun scrupule à se jeter des coups d'œil assassins, à se pousser et à se marcher dessus sans s'excuser (faut pas laisser traîner ses pieds n'importe où, non mais !), à s'insulter (moi d'abord !), à grogner (y a un chien qui aboie ?), à se servir de son caddie comme d'un char d'assaut et tant mieux si on écrase un pied au passage (ça fera moins de concurrents).

8 h 55 : vous arrivez à votre caisse et vous ravalez votre bâillement. Vous observez avec anxiété ces clients acharnés. Préparez-vous psychologiquement à subir leur consommation de plein fouet. La journée va être chargée.

9 heures : Les fauves sont lâchés. Que le meilleur (le plus hargneux) gagne !

Tous au rayon high-tech pour récupérer « à petit prix » une télé à écran plasma. Ceux qui sont venus la veille en repérage se jettent les premiers dessus.

Trop lourde ?

– Aucune importance. Assieds-toi dessus chérie, le temps que j'aille payer. Et mords ou donne des coups de pied si on essaie de te la prendre !

Les lecteurs DVD, eux aussi, partent comme des petits pains.

– 30 euros ? Super bonne affaire ! Je prends les trois qui restent.

– Il leur manque la télécommande. Sans elle, vous ne pourrez pas naviguer dans les menus de vos DVD.

– Aucune importance, une bonne affaire reste une bonne affaire.

Et le rayon vêtements, si amoureusement rangé par les employés pour l'ouverture, est devenu un vrai champ de bataille en à peine un quart d'heure.

Une cliente a aperçu la robe de sa vie ? Elle l'a arrachée des mains d'une autre fille qui venait de la défaire de son cintre, renversant au passage une pile de pulls. Qu'importe, si c'est la robe de sa vie. Un sourire de conquérante jusqu'aux oreilles, elle continue la visite du rayon. Mais soudain qu'a-t-elle vu un mètre plus loin ? La vraie, l'unique robe de sa vie. Que faire, alors ? Balancer l'ancienne par terre comme une vieille serpillière. Les vendeuses se feront une joie de la ramasser. Elles sont payées pour ça. Et se jeter sur la vraie, l'unique robe de sa vie.

Beaucoup trop petite ?

– Aucune importance. Demain, je commence un régime.

Plus loin, un client a attrapé la chaussette en laine de ses rêves, verte avec de jolies pieuvres tentaculaires.

La seconde manque ?

– Aucune importance, je retourne le bac de fond en comble pour la trouver. Tant pis si j'en envoie la moitié par terre. Ce sera plus facile pour les autres clients de choisir celles qui leur plaisent. Ils marchent dessus ? C'est pas mes oignons.

9 h 10 : c'est à vous de jouer, chère caissière. Vivez avec émotion ce début de passage en caisse des acheteurs compulsifs. Vous devriez être étonnée (même si plus rien ne vous étonne) du nombre d'articles vendus par votre magasin, articles dont vous ignoriez l'existence (et pourtant ça fait déjà plusieurs années que vous travaillez ici). C'est le défilé des objets invendus et invendables, inutiles et inutilisables.

La valse du bip soldé commence.

Parfois, un bref éclair de lucidité (à quoi ça va vraiment me servir ?) ou un brin de mauvaise conscience (je suis déjà à découvert de 800 euros), ou les deux à la fois, feront renoncer les clients au dernier moment à certaines de leurs super soldes. Aussi ne rouspétez pas si vous découvrez, dans le présentoir à chewing-gums au bout de votre caisse, des baromètres en forme de rouleau à pâtisserie, des réveils solaires (sans piles), des chaussons énormes en forme de vache (avec pis), des culottes de grand-mères, des pelles sans manches... Allez gentiment les ranger après votre journée de travail dans leurs rayons pour les prochaines soldes. En plus, ça vous dégourdira les jambes après avoir passé toute une journée assise derrière votre caisse.

Et plus encore que n'importe quel jour, vous aurez l'impression d'être devenue une trieuse de déchets. Un grand nombre de clients confondra votre tapis avec une poubelle et y déversera littéralement caddie ou panier. À vous de vous débrouiller pour réceptionner et ranger le plus vite possible leurs monticules de bonnes affaires. Pour eux, « soldes inouïes » rime rarement avec « poli ». Trop cher aujourd'hui comme effort. Heureusement, vous pourrez peut-être compter sur votre ami, le tapis. Ses soubresauts feront dégringoler le tas de nains de jardin, de cache-pots, de bacs à fleurs et il avalera bien quelques petites culottes et manches de tee-shirt (zut, c'est tout déchiré et c'était le dernier exemplaire).

Vous êtes bien entraînée, mais préparez-vous au cours de cette journée à vivre ces scènes à multiples reprises :

– Vous ne l'avez pas compté au prix fort ? Je trouve ça cher !
– Non. Je m'assure chaque fois que vous avez bien bénéficié de la démarque.

– Y avait pas le prix, mais c'est 1 euro.
– Je vais appeler quelqu'un pour vérifier.

– Mais puisque j'vous l'dis ! Vous me faites perdre mon temps.

Un employé du rayon arrive avec le prix réel : 15 euros.

– Ha ? Tant que ça ? C'est pas ce que j'avais vu. J'en veux pas.

Vous appellerez aussi (avec sourire et bonne humeur) une bonne vingtaine de fois votre chef de poste pour annuler des achats. Certains clients auront cru un peu trop vite que les soldes ne leur coûteraient rien. À part les radins, ce ne sont pas les plus riches qui viendront ce jour-là. Ils n'ont pas besoin, comme les bas et moyens revenus, de prendre leur revanche, d'avoir le droit, eux aussi, d'être de bons consommateurs. Les soldes, une très belle invention pour faire dépenser de l'argent même à ceux qui n'en ont pas.

Le premier jour des soldes, la journée idéale pour saisir ce qu'est la nature profonde, essentielle du consommateur du XXIe siècle. Une journée exceptionnelle donc, que toute caissière digne de ce nom se doit de vivre au moins une fois dans sa vie (et plus même si pas d'affinités). Et si certaines subtilités vous échappent, il vous reste six semaines pour les maîtriser parfaitement. Le consommateur du XXIe siècle n'aura alors plus aucun secret pour vous.

Oh ! Vous avez raté la période des soldes ? Rassurez-vous ! Après cette première valse de prix viendront les périodes bénies des promos exceptionnelles, déstockages, fins de séries et autres ventes flash. L'année va être riche en bonnes affaires !

Spectacle de fin de semaine

Vous voulez encore plus de sensations fortes ? Vous espérez depuis longtemps montrer à la face du monde que la caissière peut encore être une personne à part entière ou presque ? Avec une bonne dose d'abnégation et une part de chance, vous pourriez vivre ce genre de situation.

C'est samedi après-midi, il pleut et il y a beaucoup de monde qui flâne dans le magasin. Je remplace à la billetterie (eh oui, encore un poste tenu par une caissière) une collègue qui vient de partir prendre sa pause.

Arrive un monsieur en costume-cravate, il prend une dizaine de places pour un parc d'attraction. Nous discutons quelques instants, le temps pour moi de faire la recherche et de prendre quelques renseignements personnels pour imprimer ses billets.

Au moment de lui demander son moyen de paiement, il me tend des bons d'achat. Je les regarde et lui dis :

– Je suis désolée, mais ils ne sont pas valables pour la billetterie (je lui montre une affichette posée sur le comptoir où sont indiquées les modalités de paiement). Vous voyez, c'est noté ici.

– Mais, quand j'ai acheté ces bons, on ne m'a rien dit de tel ! me rétorque-t-il.

Connaissant ce genre de quiproquo (il est fréquent) et histoire de calmer rapidement les esprits, systématiquement, on appelle le responsable des caisses pour lui demander confirmation. Les clients voient alors qu'on ne raconte pas de sottises (après tout, vous n'êtes que caissière).

J'appelle donc la caisse centrale et demande :

– Les bons d'achat au liseré bleu ne fonctionnent pas pour la billetterie, on est bien d'accord ?

– Oui, oui, me répond-on.

Je raccroche le téléphone et me tourne vers le client en répétant encore une fois (oui, il arrive qu'on se transforme en perroquet) que non je ne peux pas prendre ses bons d'achat. Celui-ci n'en démord pas pour autant et insiste.

– Appelez-moi votre responsable, je veux le voir.

– Pas de problème, je vais lui demander de passer.

Je décroche de nouveau le téléphone.

– C'est encore moi, est-ce que tu pourrais venir expliquer au client pourquoi on ne peut pas accepter ses bons d'achat pour la billetterie ?

Et au bout du fil, j'entends :

– (Voix désolée.) Ah, non, ça ne va pas être possible dans l'immédiat, je suis toute seule en caisse centrale et la chef est déjà en train de régler un litige en caisse. Il va falloir que tu te débrouilles.

– (Voix dépitée.) Ah... je vais voir ce que je peux faire.

Je raccroche et me tourne vers le client, tentant un sourire :

– Je suis désolée, mais la responsable est déjà occupée avec un client, elle ne pourra pas passer vous voir.

Le client passe au rouge pivoine. Il se met à crier (histoire que tout le monde puisse en profiter, c'est d'ailleurs très généreux de sa part...) et vociférer. Sans me laisser démonter, je finis par moi aussi hausser le ton, parce que bon !

On est au service des gens, soit.

On doit leur montrer du respect, soit encore.

Mais se faire engueuler pour quelque chose que l'on ne peut pas changer et que de toute façon on ne peut pas maîtriser, ça va bien...

Du coup, nous voilà partis dans une chouette dispute.

Il crie.

Moi aussi.
Il hurle.

Les clients s'approchent subrepticement pour ne rien perdre de la scène. Spectacle, quand tu nous tiens... Hé, ce n'est pas tous les jours qu'on entend une caissière et un client se quereller !

Cette « discussion » est pourtant vouée à l'échec, à moins que l'une des deux parties ne cède. Au bout de plusieurs minutes désagréables (crier, c'est marrant dans un stade de foot mais nettement moins en caisse), j'aperçois du coin de l'œil un responsable de rayon. Quelle chance ! Vu l'échange sonore qui se produit, impossible qu'il n'ait rien entendu. Il va certainement venir calmer le jeu. L'espoir est de courte durée. Il fait semblant de rien et change de rayon...

Le client finit par sortir sa carte bancaire.

D'un geste brusque, il la balance.

Elle tombe à terre.

Vexée, je ramasse sa carte, la lui rends et lui dis calmement :

– Monsieur, je ne vous servirai pas. Vous avez dépassé les bornes et je ne suis pas votre chien !

– ...

La dispute s'arrête net. L'homme s'excuse, paye ses places et s'en va.

Une dizaine de minutes plus tard arrive enfin une des filles de la caisse centrale. Elle vient voir si j'ai pu gérer le conflit. Je lui explique la rixe, elle me dit :

– Allez, va prendre ta pause. On va te remplacer.

Vous avez besoin du soutien d'un supérieur ? *Le numéro que vous avez demandé n'est plus attribué.*

Vous êtes pourtant sûre d'avoir raison dans votre démarche ? *Attention, vous n'êtes que caissière.*

Vous voulez rendre service aux gens ? *Je vous le répète, vous n'êtes que caissière.*

Et la morale de cette histoire ? Quelques jours plus tard, un nouveau mot d'ordre passe. Les bons d'achat que j'avais refusés sont dorénavant acceptés pour la billetterie.

Pardon, ce n'est pas une morale, mais pourquoi en faudrait-il une ?

Le grand rush de Noël

Ah, Noël ! Période de fête et de partage ? Franchement, pour vous, chère caissière, 24 décembre et premier jour des soldes, même combat : vitesse d'exécution, encaissements démultipliés, forte affluence, grogne palpable des clients, rayons vidés, achats compulsifs, impatience accrue...

Bonjour l'âme d'enfant ! Je sais, c'est moche, mais si vous tenez vraiment à la garder, évitez ce métier.

Ce matin-là, rebelote. La guerre vient d'éclater et les zombies attaquent : les clients sont agglutinés comme des mouches devant les portes du magasin (qui ouvre à 8 h 30 au lieu de 9 heures, notez cette différence essentielle).

Avec la même peur de manquer, ils se jetteront à l'assaut non plus du rayon high-tech ou vêtements mais des rayons poissonnerie-boucherie-volaillecharcuterie-pâtisserie. Ce soir, il faudra se faire péter la panse. Mais vous sentirez la même atmosphère lourde d'agressivité (annonciatrice de la crise de foie de demain ?).

« Dommage qu'on n'ait pas le droit de se servir soi-même. La dinde, le chapon, le plateau de fruits de mer, le saumon, les boudins, le foie gras, le gigot, la côte de bœuf, le rôti de biche, la bûche seraient déjà au fond du caddie et on n'aurait pas été obligés de copieusement insulter l'abruti qui nous est passé devant ! »

Même chaos général dans tous les rayons dès 9 h 15. Mêmes vendeurs au bord de la crise de nerfs. Pas pour les mêmes raisons, il est vrai. Certains clients ne comprennent pas pourquoi, le jour de Noël, le jouet le plus vendu du moment est en rupture de stock et font un scandale en trente-six exemplaires. D'autres ne veulent faire que de gros cadeaux (des beaux hein !), mais à moins de 5 euros. D'autres encore n'ont aucune idée de ce qu'ils veulent offrir. Aux vendeurs de passer deux heures à chercher à leur place (et ils ont intérêt de faire une excellente trouvaille !). Il y a ceux aussi qui arrivent trois minutes avant la fermeture et qui ne se sont toujours pas décidés quand les lumières s'éteignent (pas terrible la pénombre pour choisir une couleur pour le vaisselier).

Et aux caisses, bien sûr, même cordialité et même politesse que d'habitude, mais en pire... Il est vrai qu'aujourd'hui il n'y a que de mauvaises affaires à faire. Tous les prix ont augmenté pour l'occasion. Et la responsable, évidemment, c'est vous. Alors, dans leurs regards furieux, vous pourrez lire : « Vous nous volez assez comme ça, vous ne voulez pas en plus qu'on vous dise merci ! » Et/ou : « C'est pas vous qui allez la faire cuire, ma dinde, alors accélérez le mouvement, espèce de dinde. »

Et n'oubliez pas de garder un sourire sincère même quand on vous engueulera pour la cinquantième fois depuis ce matin parce que vous ne faites pas les paquets-cadeaux ou que vous pourriez au moins donner un joli morceau de bolduc pour cacher l'horrible couleur du papier qui, comble de mauvais goût, inclut le logo du magasin ! « Il est où l'esprit de Noël avec votre papier moche ? »

Mais en revanche, vous serez tenue de leur souhaiter « *JoyeuxNoëlEtBonnesFêtes* » et de leur offrir votre plus joli sourire. Et vous le répéterez au moins trois cent cinquante fois, c'est à dire environ cinq fois plus que « *Non. Je m'assure chaque fois que vous avez bien bénéficié de la démarque.* »

Non, finalement, la comparaison entre ces deux événements n'est peut-être pas si judicieuse. Surtout que la déco (guirlandes multicolores et sapins en plastique *versus* affiches flashy « – 50 % ») du magasin aura changé entre-temps. Et il n'est pas non plus exclu que vous portiez un bonnet de Père Noël le 24 décembre. Alors que le premier jour des soldes, ce sera plutôt un chapeau de petit lutin. Dans tous les cas, vous serez ridicule (et ce n'est pas la tenue glamour ou mémé qui rattrapera le coup...).

Une autre différence de taille à retenir : la veille du réveillon, votre magasin fermera à 19 heures contre 22 heures le premier jour des soldes. Oui, mais à coup sûr, votre fatigue et votre ras-le-bol seront aussi profonds.

Et lorsque les dernières grilles du magasin seront enfin baissées et que vous penserez pouvoir souffler, il ne sera pas interdit de rencontrer une consommatrice frustrée qui s'excitera en hurlant :

– Laissez-moi entrer ! Il faut que j'achète un cadeau.

– C'est fermé madame, lui répondra alors un agent de sécurité.

– Quoiii ? Mais, c'est pas possible, je ne peux pas arriver au repas les mains vides ce soir !

– C'est fermé madame, se contentera-t-il de répéter plusieurs fois.

Vous êtes tout de même autorisée à vous marrer (sous cape). Au besoin, vous pourrez toujours vous défendre en faisant passer cette réaction pour un rire nerveux...

Et dire que la plupart des cadeaux choisis avec soin, dans la douleur ou n'importe comment par vos clients finiront demain matin sur un site de vente sur Internet à moitié prix... Mais alors, j'ai quand même un peu raison ! Noël c'est presque le premier jour des soldes.

Bon réveillon et joyeux Noël, n'oubliez surtout pas vos petits souliers et, aux aurores, soyez les premiers sur Internet pour les bonnes affaires...

Histoires belges : petit passage de l'autre côté de la frontière

Vous en avez marre des supermarchés français ? Vous avez envie de prendre l'air et voir si l'herbe est plus verte dans les supermarchés belges ? C'est parfaitement compréhensible et j'ai moi-même tenté l'expérience, pleine d'espoir. Hélas, rien ne se ressemble plus qu'un patron belge et un patron français, une vie de caissière belge et une vie de caissière française, un client belge et un client français. Les seules différences : plus de variétés de spéculos et de gaufres et, bien sûr, l'accent ! Aussi, si vous tenez quand même (ne venez pas vous plaindre après) à travailler dans un supermarché belge, préparez-vous à vivre ce genre de scène :

Caissière française
9,99 euros, s'il vous plaît, madame.

Cliente belge (avec un accent belge à couper au couteau)

J'co... rend pas qu'es vo... di... !

Caissière française

Pardon ? Excusez-moi, je ne comprends pas. Vous pouvez répéter ?

Cliente belge

...ai... qu'es vo acon à l'in ?

Caissière française

Pardon ?... Je ne comprends toujours pas. 9,99 euros, s'il vous plaît.

Le client derrière décide d'intervenir.

Client belge (à la cliente belge, avec un accent belge à couper au couteau)

Vo de...ez ante, ante neuf... ros !

Cliente belge

Ah, j'co... pris !

Client belge (à la caissière française, sans presque aucun accent belge)

Ça y est elle a compris, je lui ai traduit ce que avez dit.

Caissière française
Merci. Elle a un sacré accent !

Cliente belge (au client belge)
El' e as 'ici, el' a acré 'cent !

Client belge (à la caissière française)
Elle me dit de vous dire que vous n'êtes pas d'ici et que vous avez un sacré accent.

Tout n'est qu'une question de point de vue. Un conseil : mettez-vous au belge accéléré.

Vous pensiez en être débarrassée ? Eh non, le client français est partout accompagné de sa légendaire bonne humeur :

Caissière française (fière d'avoir intégré les subtilités du parler autochtone)
Septante euros nonante-cinq, s'il vous plaît.

Client français (dédaigneux)
Vous pouvez pas parler français ?

Et déjà, vous regrettez d'être partie...

Vous avez envie maintenant de tenter les supermarchés anglais ? D'accord, c'est votre droit le plus strict, mais alors assurez-vous d'être en très très bonne santé !

Compte à rebours

Samedi 3 janvier : mon dernier jour. Et ce n'est pas un rêve !

Tous ces gestes, ces mots que j'ai faits et dits des dizaines de milliers de fois, aujourd'hui seront les derniers. Je n'en reviens pas ! J'aimerais m'asseoir pour y réfléchir mais... faut aller bosser (« C'est pas parce que c'est ton dernier jour, qu'on va te payer à rien faire ! »).

J'arrive en caisse centrale et lance comme chaque jour mon « Bonjour » (ouah, on m'a même répondu ce matin !). C'est la dernière fois que je regarde le tableau pour connaître mon planning et mon emplacement pour mon ultime prise de poste (caisse 12 jusqu'à 15 heures – caisse 13 jusqu'à 21 heures – oh joie, à côté des congélateurs toute la journée ! et zut, j'ai oublié mon écharpe !).

Comme d'habitude, je jette un œil à mon caisson et regarde si j'ai assez de rouleaux pour la journée. Je demande des 1 et 2 euros cette fois-ci encore. Je prends avec moi quelques feuilles d'essuie-tout (au cas où... un paquet de chips serait renversé, une crotte de nez collerait à mes doigts, un client aurait besoin de se moucher après m'avoir éternué dessus ou autre joyeuseté) et quitte la caisse centrale.

Il ne me reste plus que quelques heures dans cette entreprise. Même les clients que je vais rencontrer aujourd'hui, ce ne sera plus pareil. Des regrets ? Non, faut pas exagérer non plus...

Il est 11 heures. Heure de pointe. Pas de chaise... comme d'habitude. Mais cette fois-ci, j'en ramène une en moins de cinq minutes (mieux vaut tard que jamais !). Et aussitôt :

– Vous êtes ouverte ?

– ...

Et pour la première fois, je ne réponds pas (je m'en fous !). Les clients (les trois cents derniers !) défilent les uns après les autres. Parmi eux, bien sûr, certains chouchous : le client au téléphone, M. Bezaut avec sa chaussette trouée et son pied squelettique, la cliente « Bonnes Affaires », le client avec son papier toilettes « gênant », le client « C'est où les toilettes ? ». Quelques-uns aussi très sympas (non, pas le client qui est au téléphone et qui vous dit quand même « bonjour »), qui ont lu mes articles sur mon site Internet, qui me souhaitent bonne chance et qui me promettent de traiter dorénavant les caissières comme des êtres humains. Houahou ! ça c'est un magnifique cadeau de départ (je n'aurais pas perdu mon temps) !

20 h 45. Message de fermeture du magasin.

Déjà ? La journée est passée super vite. L'émotion sans doute.

20 h 55. Dernier client.

– Vous avez pas un sac ?

Fallait bien finir en beauté.

Je jette un coup d'œil vers les rayons pour vérifier que le couple « Fermeture » n'est pas dans le coin. Non, dommage ! Je les aurais soignés aux petits oignons, cette fois-ci. Jamais plus ils ne seraient venus faire leurs courses à 20 h 55 !

La journée est terminée. Je nettoie avec un soin tout particulier mon tapis roulant (« Tu vas me manquer, tu sais. Merci de m'avoir si souvent aidée »), mais aussi le reste de ma caisse... Tout cela est si machinal qu'on en oublie presque la fonction. Ce soir, pourtant, je sais consciemment que c'est pour la collègue qui prendra cette place demain. Je me demande d'ailleurs qui me remplacera à cette caisse.

C'est bien le genre de chose auquel on ne pense pas d'habitude. Quel intérêt d'ailleurs ?

Dernier coup d'œil. Dernier regard de ce côté-là de la caisse.

Tout est en ordre, plus rien ne traîne.

Mon caisson sous le bras, je parcours une dernière fois la ligne pour me rendre en caisse centrale. Le carrelage blanc a l'air de fuir devant moi. Mes pas prennent pourtant le même chemin que j'ai suivi ces dernières années quotidiennement ou presque. Difficile de me dire que la prochaine fois que je viendrai, ce ne sera plus qu'en « simple » cliente. Je ralentis un peu la cadence, je souhaite garder encore un peu mon esprit ici.

Les dernières grilles du magasin se ferment dans un bruit métallique. Les néons blancs aveuglants s'éteignent, ne reste plus qu'une lumière tamisée. Mes bruits de pas résonnent dans ce grand magasin vide. Un bip solitaire se fait encore entendre, comme un au revoir de ces caisses que j'ai utilisées toutes ces années. Mais il est temps de rejoindre la caisse centrale et d'effectuer mon ultime comptage.

Le compte est bon ! Le dernier maniement des pièces et des billets si souvent passés entre mes doigts. L'argent reprend le chemin de mon caisson noir que je ferme une dernière fois. Remis à mes collègues en caisse centrale, l'étiquette avec mon nom sera bientôt enlevée de cette boîte métallique et sera donnée à une personne qui me remplacera.

Un nom – un numéro interchangeable.

La caissière n'est souvent que de passage. Les employés défilent et se ressemblent… ou pas.

Un petit verre de champagne ?… de jus d'orange ?… Une petite chips d'adieu, au moins ?

Faut pas rêver. Vous étiez caissière, pas notaire !

Les collègues m'embrassent. Heureusement qu'elles étaient là.

Je pointe une dernière fois (enfin, j'espère !). 21 h 15. Pile à l'heure. Ah, cette pointeuse capricieuse qui demande si souvent à ce qu'on repasse notre carte magnétique… Cette fois, c'est moi qui t'ai eue ! Ma carte changera elle aussi de propriétaire. De main, demain ou un peu plus tard ?

Les employés défilent et se ressemblent… ou pas.

Je crois que cette ligne de caisses de quelques dizaines de mètres me hantera encore longtemps. Les lumières, le fond sonore, les visages plus ou moins familiers de clients croisés toutes ces années, tous les collègues que j'ai pu rencontrer.

Tout cela se tait pour moi aujourd'hui. Huit ans de caisse (quand même !).

Je pars avec un grand sac à provisions (recyclable) de souvenirs et de bip, bip, bip…

Alors, vous avez toujours envie d'être caissière ? C'est toujours le métier de votre vie ? Non ? Je m'en doutais !

Mais vous n'avez pas le choix ?

Oui, je m'en doutais aussi. Bon courage quand même. Et puis, si ça va vraiment pas, faites comme moi, écrivez un livre ! Et qui sait, peut-être se vendra-t-il dans les supermarchés à... 19,99 euros. Vous pouvez garder la monnaie.

Remerciements

Merci à toutes et tous mes collègues, qui m'ont accompagnée, soutenue et fait rire pendant ces huit années de caisse, et plus spécialement à celles et ceux qui sont devenus de véritables amis.

Merci à mes premiers lecteurs, ceux du blog, qui m'ont motivée durant des mois pour continuer cette aventure et la transporter sur le papier.

Merci à Iris et à François, qui m'ont permis de vraiment progresser dans l'écriture.

Un merci tout particulier à Liliane, ma relectrice aux yeux perçants et aux conseils avisés.

Merci à ma famille, qui m'apporte tant tous les jours et qui m'a poussée à me dépasser.

Enfin et surtout, merci à Richard, mon époux, pour être toujours présent.

http://caissierenofutur.over-blog.com

Table

Pour l'éditeur, le principe est d'utiliser des papiers composés de fibres naturelles, renouvelables, recyclables et fabriquées à partir de bois issus de forêts qui adoptent un système d'aménagement durable.

En outre, l'éditeur attend de ses fournisseurs de papier qu'ils s'inscrivent dans une démarche de certification environnementale reconnue.

Ce volume a été composé
par Nord Compo à Villeneuve-d'Ascq
et achevé d'imprimer en mai 2008
sur presse Cameron
dans les ateliers de ***Bussière***
à Saint-Amand-Montrond (Cher)
pour le compte des Éditions Stock
31, rue de Fleurus, 75006 Paris

Imprimé en France

Dépôt légal : juin 2008
N° d'édition : 01 – N° d'impression : 081596/4
54-07-6163/7